挪威现当代文学译丛

流浪

Gå. Eller kunsten å leve et vilt og poetisk liv

[挪威] 托马斯·埃斯佩达尔 / 著　沈赟璐　王焱菁 / 译

上海译文出版社

图书在版编目（CIP）数据

流浪/（挪威）托马斯·埃斯佩达尔（Tomas Espedal）著；
沈赟璐，王焱菁译．—上海：上海译文出版社，2019.8
（挪威现当代文学译丛）
ISBN 978-7-5327-8057-0

Ⅰ.①流… Ⅱ.①托… ②沈… ③王… Ⅲ.①长篇小
说—挪威—现代 Ⅳ.①I533.45

中国版本图书馆CIP数据核字（2019）第128422号

This translation has been published with the financial support of NORLA

NORLA
NORWEGIAN LITERATURE ABROAD

图字：09-2018-1168号

流浪
［挪威］托马斯·埃斯佩达尔 著 沈赟璐 王焱菁 译
责任编辑/杨懿晶 装帧设计/胡枫

上海译文出版社有限公司出版、发行
网址：www.yiwen.com.cn
200001 上海福建中路193号
启东市人民印刷有限公司印刷

开本 890×1240 1/32 印张 7.25 插页 2 字数 121,000
2019年8月第1版 2019年8月第1次印刷

ISBN 978-7-5327-8057-0/I·4947
定价：45.00元

流浪

或是一门享受狂野又富有诗意生活的艺术

献给我的父亲

目录

第一部分

为何不从一条街道走起

为何不从一条街道走起。不如就选我两年多来几乎每天都要来来回回的那条街道好了。它叫比约森大街，路面肮脏，总是塞满了车。路两边的阴影区域是一排排的工薪阶层住房。这条大街虽然是交通要道，但却死气沉沉，冷冷清清。经过工厂区门口窄窄的人行道就能看到加油站，沿路往前走是丹麦广场，那儿的交通信号灯算是整座城市里最灰暗的。真是一条悲惨的街道，沉闷的废墟星星点点地洒落在街道上。奄奄一息的老树，摇摇欲坠的木屋，篱笆上让人窒息的灰尘，还有她脱下棉质毛衣时靠着的窗台。

这条悲惨的街道不只是我的家，也是我进城时最喜欢走的一条路。（现在我搬去了城的另一头，住在一栋明亮整洁的公寓里，从露台那儿能够眺望港口的景色——有时候我会特意坐车到比约森大街，为的只是去那儿走走，沿着老路进城罢了。）沿着这条街的右手边，可以看到理工学院和克罗恩明德体育馆，左手边是一栋栋高层住宅和索尔海姆湾。我经过理工学院的石阶时，实习厨师正站在上面抽烟，他们头上戴着白色厨师帽，像顶着云朵似的保持平衡，一共大概七八个人。厨师旁边站着实习理发师，一看他们的发型，很容易辨认出他们的职业，发色有红有绿，形状各一。（其中一名女孩儿给自己剃了条状板寸头，从前额剃到后颈。）随后我继续往前走，朝丹麦广场的方向前进。地道上方的十字路口，交通秩序混乱不堪。出了地道应该往左还是往右呢？到了隧道的分叉口，今天我选择了右边的岔路。回想起来，我真应该庆幸当时没选左边这条路。因为沿着右边走一点点，经过了弗鲁姆电影院，再踏过通往湖泊的斜坡，看见鱼儿在柏油碎石路面上垂死挣扎后，就到了那座桥。我站在桥上，看见阳光打在交通指示牌上的瞬间，心头突然涌上一股意想不到的幸福感。那张指示牌仿佛在说：此时此地，你是幸福的。没来由地幸福。在这一瞬间，你没来由地感受到了幸福，好比一份礼物，不可名状。我其实根本没有幸福的理由，灌了四天的酒，到现在还余醉未醒、萎靡不振。我独自住在这条悲惨的街道上，所谓的家是一栋肮脏污秽的楼房，屋里没有家具，睡觉就靠一条地毯了事，如今还被自以为能够相守终老的女人给踹了。我这模样无疑就是在自暴自弃，狠了心地自甘堕落。我都已经把自己喝到神志不清了，为何在这一瞬间竟如此高兴。这是为什么？就因为阳光不偏不倚照在一个路标上吗？我不得不停下来喘口气。身体里仿佛有一股暖意蹿进来，透明而令人喜悦。理性的意识随即苏醒，沉闷的情绪也一扫而光，我的肉体经历了一次彻底的洗礼。重新上路后，不仅我的思维变得活跃，就连心情也更明亮了。我走上坡，朝着雄伟的尼嘉德霍登建筑区和市中心行进。我开始渐渐明白，人感到幸福是因为走路的关系。

学狗走路

学狗走路：在地上爬，四肢着地，把肚子贴在地板上，脸朝下，眼睛上有一条疤，光线像棍子一样打在身上。有人在伤口里吹口哨，她在我的血液里吹口哨，我的脑袋里有人在吹口哨，究竟谁在对谁吹口哨。不如靠近一点，在地板上匍匐，然后爬到桌子下面。这儿有一摊酒渍，我用舌头舔一舔，随后翻个身躺在桌子下面，在桌子下面看东西最多只能看到一半，我好像看见人的腰和一双光着的脚。到了傍晚，睡袍的裙边出现在眼前。桌子的边缘遮住了人脸，那是你的父亲，是你的上帝、你的主人，那优美的背影、汗液的味道，还有那件衬衫都叫人感到如此熟悉。接着，我们继续往前爬。现在这间房里没有人，在这儿我可以自由自在、无拘无束。但房里有一盏灯，一盏让人情不自禁的灯。今晚我打算爱一盏灯。我脱下衣服，关灯上床。要是你知道该多好，可你怎么会知道呢，你能知道些什么。你不知道他拿了香烟爬到桌子下面。不知道匍匐的感觉有多好，不知道这个过程多么令人享受，让人陶醉。你不明白喝酒有多么畅快，喝到酩酊大醉，神志不清。

黑暗笼罩在桌肚下，我像生活在房中房一般。星期一、星期二都过去了，等到了星期四，你爬出这个狗窝，沿着墙壁滚过去，把皮带的搭扣插进电插座里，就在那儿！你看到了光，感受着电流。这时，你看见他站起来，摸索着朝门口一路走去，他一边挣扎一边抽搐，扑到门把手上，用嘴巴紧紧咬住，用力往下转动。他的舌头舔着把手的金属，一边吠叫着打开门，一边冲进走廊狂奔而去，一路上发出刺耳的噪音，任谁看到都会想把他带走。

在我出发之前

在我出发之前：让我们细数一遍快乐之事！喝酒，站立，在酒吧里肆意摇摆，举起酒杯，点上香烟，牛头不对马嘴地聊会儿天，无休无止地胡言乱语一通。

第二天醒来，爬啊爬，爬过城镇，爬上楼梯，穿过房门，越过地毯，抬头看看窗户，和孩子们一起嬉戏，学精神错乱的人一样和他们说话。

谈个恋爱，我的意思是，扑到她身上，穿上她的衣服、裤子、紧身衣、马甲、套衫，戴上她的帽子，披上她的外套，然后目送她离去，全速冲刺逃跑。从托儿所的后门逃出去，绕着墙角下楼梯，怒气冲冲地走进公寓，扑倒她，扯下她的衣服、紧身衣、裤子还有马甲，把她抱上床，简单地来说，这就是我的生活。

睡觉也可以算作单纯的快乐。

醒来的话，虽然痛苦但也快乐。每天早晨醒来的时刻是生命中最庄重的一刻。生活变得庄重是一件快乐的事。你醒来后，快乐便一同降临。当你认识到生活的庄重时，生活唤醒的便不只是你自己，还有你的邻居，一条条街道，街道上的商店，马路上的噪音和她走后弥留在屋里的空气。

以上就是我生活中的快乐之事。我爱生活。年纪越大，我就越爱生活，也越恐惧死亡的到来。这点让我很吃惊。岁月并没有在我身上留下智慧的痕迹，恰恰相反，我似乎正朝着成为一名傻子的方向靠拢，一位无所不知、彻头彻尾的傻子。

静静地站在原地不动，保持很长一段时间。或是待在家，把自己关在公寓里，锁上门，关上灯，坐在书桌的台灯旁，写不写东西都无所谓。这些都让我感到快乐。

我的书桌，书桌上的东西，烟灰缸、台灯、窗户、椅子、地毯和门，都能带给我快乐。东西能带给人快乐，尤其是手工创造的东西。比如这栋房子、房里的楼梯、电梯、所有的房门、这种正方形的形状、书本、信件、书桌、钢笔，所有这些凭借语言创造的事物。

今天是星期二，也是我头一回仔细思考说话带给我的愉悦。能够思考，能够书写，让我着实欣喜若狂。想到今天是星期二，我又忍不住高兴了一把。

旅行带给我的快乐让我难以忘怀。坐在小汽车里，沿着公路一路颠簸，时而静止时而疾驶，这感觉让我着迷，速度快到仿佛要使颈骨折断。我喜欢开快车，不仅要快，还要开得远，能出城最好。我偏爱乘着夜色行驶，驱车离城，后再返之。坐公交车或是坐小艇的短途旅行也很不赖，来回总是走同一条路线。但我最为中意的交通工具非火车轮船莫属，因为这两样的行程一般都是固定不变的。

差点忘了，我们把最基本的快乐给遗漏了，一觉醒来能够站起来，走到厨房，喝上一杯水，这事儿可让人高兴了。

最好是一杯冰水！

我不知道你是否还记得……靠自己的力量站起来的成就感，我指的是从地板上站起来，站在那儿，虽然摇摇晃晃，但能让自己不倒下去，能让自己从一个房间踱到另一个房间里去，这种孩子般的喜悦，你是否还记得。

走路是我最喜欢做的事。

今天是星期二，我要出门。出门喝一杯，享受傻子般的快乐。喝到身子开始晃悠，话说不清楚，人也站不稳，喝到跌跌撞撞，四肢趴在地上，这种快乐几乎像是又回到了小时候。

一间不可能的客厅

我小的时候，住在西广场大街的房子里，那儿正对着一栋招待所。招待所里头有家酒吧。大概有两年的时间，我几乎每个晚上都坐在这间酒吧里喝酒。从我坐的桌子旁，可以抬头看到小时候我常倚靠着的窗口，我喜欢在那儿凝视窗格背后的灯，而此时此刻我的座位就在这些灯边上。

有时候我们的生命会围绕着一些重要的地方打转，现在我便转回了其中一处。那是一条街道。这条街道有一段向上的斜坡，往前走慢慢成了一座陡峭的小山，先和一条街道交叉，随后变成一级级的台阶；台阶通往约翰教堂。招待所在左手边，我儿时的家在右手边；教堂的入口外是一个正方形的花园，里头有一棵树，心想这是山毛榉，嘴巴却称它为白杨。从招待所的前门进去，发现有一个马蹄形状的酒吧，我的新家就安在这里。没错，这个地方活脱脱就像个客厅。客厅里住着我喝醉酒的弟弟、喝醉酒的妈妈、喝醉酒的爸爸，还有喝醉了酒给我递香烟倒啤酒的姐姐。但我想一个人坐着。我就想和这些玻璃杯子、酒吧柜台还有侍应单独喝我的第一杯酒。我要自己看一看、听一听。听听那些老掉牙的故事，看看那一张张没变过的脸，假装自己是另外一个人。

你想成为一个什么样的人呢？你现在在和谁见面？你的未来又会通往何处？会有何事发生？坐在酒吧里的感觉就好像出发旅行。喝酒就像是一场不离开座位的旅行。

“黑暗是一条路，而光明则是一个地方。”狄兰·托马斯[1]写道。我现在身处光明之中，在酒吧里找到了我习惯的位子，点了一杯啤酒。第一杯通常都很好。第二杯则是最好的。第三杯比第一杯要好，第四杯也很美味，但第五杯和余下的酒则根本谈不上有什么味道，只不过是为了灌醉自己，让自己沉醉，慢慢变得不省人事。这和葡萄酒或烈性酒不同，啤酒没有这么急不可耐，易于兴奋，我打算在这儿坐上一段时间。这就是泡吧的诀窍，一边坐一边喝，喝完整个夜晚，一直流连到深夜。只要你还觉得亢奋，那就一动不动地好好坐着，这才是泡吧的诀窍。然后不疾不徐、轻轻松松地从你的身体里遨游出去。

你需要思考的只有一个命题：我要和我自己度过整个一生。你可以重新找一个情人，你可以抛家弃友，变卖家产，摆脱所有你不喜欢的事物，但永远——只要你还活着——永远无法摆脱自己。

人的一生中会有那么几次，你对自己说：没人受得了我。人的一生中会有那么几次，你希望像狗一样走路，希望借酒浇愁，把自己喝得烂醉如泥，人事不省。有那么几次你就是想拼了命地让自己堕落。你开始慢慢堕落，慢慢地自我毁灭，但好在你享受这个过程。

1 狄兰·托马斯（Dylan Thomas，1914—1953），人称“疯狂的狄兰”，英国作家、诗人，评论界普遍认为他是继奥登以后英国的又一位重要诗人。代表作《死亡与出场》、《当我天生的五官都能看见》等。

我喝酒的原因还有比这些更直白的。譬如，我喜欢酒精。我喜欢这间酒吧。这儿就像是我的家。这间酒吧很舒服，是一个喝酒的好去处。这是一个让人沉沦的家，一个让人待不下去的客厅。

今天是星期二，星期二的夜晚最棒。这里挤满了人。我爱这种热闹的感觉。我喜欢在底层社会中堕落，和下层阶级的人打交道，活在充满酒精的圈子里。现在刚过午夜，既不算是星期二，也不算是星期三。正是喝酒的好时候，也是消失的时候，在你的朋友、你新的家人，还有所有你不认识的人中间，隐藏自己。你坐在酒吧里买醉，融入吵闹的人群，不要让别人注意到，你正在麻痹自己、堕落自己，渐渐湮没在人群中消失不见。

关于消失的梦

关于消失的梦。消失就是突然失踪，就是有一天，走出大门，再也不回来。

我梦见自己变成了另外一个人。我不仅离开了亲戚朋友，忘记了自己的本来面貌，变成另外一个人的模样，还断了所有的联系，离家出走，放弃了所有身家性命，甚至抛下了未来的打算。我立下雄心壮志，要成为一个陌生人。

变化得先从蓄胡子开始，接着可以准备留头发，让头发把眼睛遮住，配一副眼镜，淘一点二手的衣服和别人穿旧的鞋子。然后记得把牙齿补了，把手弄弄黑。搞定后，到你熟悉的地方四处走走，观察一下你的旧相识，看看你走了之后一切成了什么样。

梦见周围的一切都发生了翻天覆地的变化。

有天早晨，你从床上醒来的时候，身旁是一张你不认识的脸。当你自报姓名后，对方似乎从来没听过你的名字。你下床之后，伸手却摸不到灯的开关，床边桌也没了，墙壁换了个模样，天花板比以前要低，门半开着，位置也从右边移到了左边。窗户去哪儿了？原来的窗户外面是家里的后院，现在一眼望去却看到从未见过的风景，但你可能在以前做的梦里或是以前的生活里见过这幅景象，所以你认识；或者你以前就料到，有一天你会看见这个地方，你会过现在的生活。你站在床边向外望去，这一刻你有种幸福感，幸福是因为你忘记了自己是谁。

或许你的梦是一场梦中噩梦：你正站在十字街角，在马路对面你看到一个人，一个比看到任何人都让你感到害怕的人——自己。你忍不住开始跟踪他，发现他走的路和选择的路线都是你所熟悉的，这条路你自己也曾走过。原来，他是在回家的路上，这恰恰也是你回家的路。你看见自己的名字出现在他的信箱上，而他正在阅读你的邮件。他对你的习惯似乎了若指掌。很显然，他代替了你的位置。你打算怎么办？你想怎么办？是立马消失，就这么被人替代？有人取代了你的位置，你倍感痛苦，因为你清楚地看到你和原来的自己有如此紧密的联系。

或许梦是截然相反的。梦就像一面黑色的镜子，你朝黑暗中望去，有种想死的念头。你是怎么到这里来的？你朝床或是窗的方向迈了一步；你是想一头往窗外的大街上跳下去，痛苦地了结此生，还是想躺在床上，吞下一整瓶药片默默等死？你是怎么到这里来的？这个声音在你的脑海中尖叫，慢慢钻到你的耳朵里，甚至连你的胸口和肚子也开始有声音在叫唤着：别死啊！然后你走到床边，低头往人行道一看，街灯已经亮起，眼看到了傍晚时分。你换上最好的一套衣服，衬衫刚熨烫过，梳好头发，刮完胡子，像是要出门旅行。这是最后一次旅行，因为你已经厌烦了旅行，也厌烦了待在家里，甚至厌烦一切。但我是怎么到这个地方来的，我是怎么走到窗边和床边，怎么萌生出轻生的念头呢？我不愿意让别人在人行道上找到自己的尸体，也不想一丝不挂地瘫软在地上，里里外外都露在外面，摔得粉身碎骨。所以我选择在床上死去，我走到床边，准备躺下来，但那个声音在我的嘴里、我的喉咙里、我的双手还有我的手心里大叫道：别死啊！

或许，你会梦见自己不复存在，变成了另外一种事物，在这个世界上生长发芽，不是一只甲壳虫，也不是一朵花，既不是任何别的事物，也不是不存在，像是《圣经》中拉撒路的天主教梦境一般：你在梦醒后获得了重生。虽然你能认出自己，老朋友也仍然认得出你，但你就是变了。变成了另外一个人。

这是个老梦了，打人类出现就有，打你对自己的存在感到厌倦、感到不满的时候就有。你感觉自己已经受够，再也撑不下去了。然后，这个骗人的梦慢慢把你变成一个冷漠的人，让你觉得自己已经看透了，听够了，该做的也都做了。

无聊。不是那种静静的、祥和的无聊，而是那种令人窒息、恶心，让人焦虑的无聊。像是一眼望穿了这个空虚乏味、包罗万象却又可有可无的世界。

今天我失去了原有的信仰。我开始信仰新的事物。

这世界只剩下你的复制品而已。

而你原本的快乐和幸福呢？

幸福也能跟着一起复制吗？

起床，洗把脸，你照照镜子，然后给自己换上衣服。吃完早饭，在书桌前坐下来，接着开始每天的例行公事。煞费苦心地找点新的东西，一个新的词语、一句新的句子，或是一本新的书。

难道你从没遇到这样的时刻，

一线突如其来的神圣之光，猛地落下，把所有这些泡影、流行和财富通通击碎，

使这些热切的经营目标、书本、政治、艺术和爱情，

都彻底毁灭？

这是沃尔特·惠特曼[1]所写的诗句。就在今天，八月十九日星期四，上午八点四十三分，我第二次有这样的冲动。第一次我做了什么？我放弃了写作。我连续四年没有动过笔。我搬到乡下，娶了老婆，生了孩子，努力过一个普通佃农的生活，但终究还是做不到。

我没法过结了婚的生活，没法适应乡村的环境，也没法放弃写作。其实，我没法摆脱原来的我，没法变成另一个人。我怀念过去的生活，怀念独居写作的生活。于是我把自己关了起来，恢复以前的生活节奏。我会写点东西，找老友叙旧，然后结识一些新朋友。我要怀揣着新的梦想展开一段新的旅程，紧跟潮流步伐，拿着新钞票和新书，斩获新的突破。但想要开始一段新的生活，我却束手无策。你觉得人有可能开始一段新的生活吗？我不知道。事到如今，我的世界已经支离破碎。我也不知道我以后做什么。

亲爱的。

今天我要离开你。

1 沃尔特·惠特曼（Walt Whitman，1819—1892），出生于纽约州长岛，美国著名诗人、人文主义者，创造了诗歌的自由体，其代表作品为诗集《草叶集》。

从一段关系中安然脱身

从一段关系中安然脱身。潘提·萨利科斯基[1]在《给我妻子的信》中写道："我当然是喜欢和我生活在一起的这位女人的。但即便如此，我却无法与之生活。她在街上走路很慢，慢到我总是会领先她几码远。而她却从来不会对我生气。"

的确，你虽然总是对我生气，我们也总是肩并肩、手牵手地在街上走路，但即便如此我们还是过不到一块儿，不是吗？

我走出门外，把身后的门砰地关上，现在才早晨。我应该到哪儿去呢？是往左走还是往右走？最简单的办法应该是径直朝招待所的方向走，但我不喜欢最简单的方法，我偏偏就喜欢特别的法子，不求简单，但求新颖。可我这么做到底是想要什么？想要孤单，又不想要孤单。我一边走，一边飞舞着思绪。在路口，我选择向右而非向左，右边这条是出城的路，今天我不打算和往常一样朝市中心走。我摸了摸口袋，里面有钱，我告诉自己，我自由了。不知怎地，我竟有些想你。但这是一条出城的不归路，不是我平时走的那条。当然了，我可以随时转身回去，可我没有选择这么做。我在思考自己逃离过多少段关系。薄薄的云彩飘在蓝色的晴空中，像分开的笔画，我把它们拼成一个字：走。天色渐亮，温度也跟着上升，头顶的和风飘过，我的内心有了新主意。不如去喝一杯。再过一个小时，招待所就要开始营业了。那里可是一个好地方。我实在了解自己的喜好，通常不会有让周围的人大吃一惊的事。我走出城外，来到博根胡斯要塞的鹅卵石旁，穿过公园。阳光明媚，公园的草坪刚修剪过。芳草的香味是那么可爱，令人心旷神怡。一阵风刮过，树木在大道旁排成一列，公园有人精心打理，让眼前的世界充满意义。树上的绿叶开始变颜色了，眼看就要步入秋天的季节，而我却朝着冬天或春天迈进。虽说现在是夏末时分，人们的信纸上却写着八月。不过我没写信的兴致，我要一言不发地在沉默中消失，不带任何解释地消失。何况我也确实没有任何解释。

我爱你。

通往要塞的路上有一排石阶，城墙外有一座木质的桥梁，一旁的小径通往新桑德维克路。篱笆的另一边有两只狗在打斗，我感觉体内的本能正在慢慢复苏，我有种跑到其中一只野兽面前的冲动，好想将它的喉咙撕开，干掉它。我为自己居然有这种念头而害怕。那是一种本能的仇恨，动物有仇恨，我也有。我专恨那些有仇恨的东西。可过了这一段路，我的心情又转好了，嘴里开始哼起小曲儿。嘚儿喂，嘚儿喂。嘚儿喂，哎嗨嗨。我沿着碎石小道向前走，脚下的小路突然拐了个弯，这个弯很

1 潘提·萨利科斯基（Pentti Saarikoski，1937—1983），芬兰20世纪60—70年代最重要的诗人之一。

急，可以看到走过的路，看到自己一步一步离开这座城市所走过的路。

转弯。弯是一条介于已经发生和将要发生之间的完美弧线。

我爱这个弯。

这里我经过了好多次。但今天，我是第一回走进这个地方。这带给我与众不同的感觉。或许是因为我不会再沿着这条路返回，或许是因为我非常机警；今天我看见了这个弯，我要小心翼翼地走完它，寸步不离。这是我的弯。脚下踩着的树叶，地上铺着的鹅卵石，风干的蜗牛，扁平的青蛙，还有小道；你走上了正确的道路。你走在一条既通往未来又拥有过去的道路上，就像走后门一样，虽然是你的家，你却心存疑虑。你就像影子一样跟着我。我们肩并肩、手牵手，各自走在城市的两边。我想你。想着想着弯结束了，路面径直向前伸展，形成两条岔路，像奔腾不息的河流一般；这是路的旨意和安排。但我不知道我的安排，我选择沿着路往上走，放弃那条向下的岔路。上坡路在左边，通往爱玛丽斯科莱姆街。我曾在那儿和一个哲学家待了一年，是他教会我走路。他教会我如何在一栋大房子里生活。我一直都对大房子不感兴趣，它们又大又不宜居。住大房子的要求很高，对付起来不容易。人一定要学会如何驾驭一套房子。还要学会怎么让自己安顿下来。我虽然学会了，但却并不想这么做，大房子里的生活吸引不了我。为此我们曾有过争论，因为你喜欢住在大房子里。“我没有时间在一栋房子里生活，”我说，“不仅如此，房子会吓到我。”那些令人眼花缭乱的门和房间，一无是处的家具，还有阴森可怖的窗户，都会吓到我。我是在小公寓里长大的孩子。父母喜欢住在现代化的新公寓里，这样他们就能把时间花在工作上。不工作的时候，他们需要好好地休息一下。中央供暖、亚麻油地毡、护墙板装饰的墙壁还有看门的人，这些东西所带来的便利正是休息所需要的。有了这些，你就有可能忘记安顿的事。有人安顿，有人工作，有人休息。“在那栋公寓里我过得很快乐。”我说过。可你却偏要住在大房子里。不止如此，砍柴生火，砌砖垒墙，刨地板，修门修窗户，还有刷油漆的活儿，肯定都是我干。我还要忙着照料花园，搬动家具。房子这么大，却不知道和我们有什么关系。住在大房子里的那些年，我一个字都写不出来。“我所需要的，”我说，“是让我能安安静静地待上几个小时，不要给我布置计划和任务，让我轻松几天。”“我所需要的，”我说，“只是一间小房间，像小储藏室这种更好。房间可以小一点，阴凉一点，只要没人打扰我，能让我定定心心写点东西就可以。”但那栋房子里没有这种环境。当我在房子里过得不顺心的时候，那位哲学家出现了。他给我提供了一间他房子里的房间。整栋房子只有他一个人住。应该来个人告诉我，我走错路了，我说不定会走到一幢宫殿门口。这个哲学家有点像卡夫卡的评论家，他骂骂咧咧的，但总体来说还是喜欢纠正我有关美好生活的一些想法。我发现，写作，或者说创意的质量，和居所的面积大小没有相关性。事实上，它们之间一点关系都没有。大房子或许能培养出大的主意，但大并不意味着好。这点可以肯定。就我自己而言，住在大的房子里，创意反而受限。咖啡桌应该摆哪儿？什么时候应该粉刷房子的外墙？该刷什么颜色？谁来付账单？我该写点什么来把按揭贷款还了呢？犯罪惊悚小说？我开始秘密谋划，把和我住在一起的女人给杀了。就是在这个时候，我学会了走路。从某种角度来看，走路是居于别墅的反义词。漫步就更贴切了，漫步是一种扩展形式，是或自愿或被迫的徒步体验，也可能是无家可归之人的期盼，或者不是。好长一段时间里，我一直都在想，干脆放弃杀人计划，从房子里出来，随便指个方向往外走得了，不是吗？那位哲学家每天都要不停地进进出出他的办公室。他之所以养成这个习惯，是因为这么做能激发他的灵感。走路可以激活思维的过程，举例来说，一个人走路时想的主意要比坐在办公室里一动不动时所想的主意要好。他大部分时间都会待在办公室里。我坐在他别墅的书桌前，想出去走走。不是走出去再走回来，而是一刻也不耽搁地径直走出去，能走多远就走多远。走了这么多的弯路，我终于来到了现在的这个地方。我经过了他的房子，笔直往前走，一直走到小山坡，经过桑德维肯医院。那地方以前叫做马丁医生医院，我妈妈过去在那儿工作过，她当时是迈兰德医生和利恩医生的秘书，偶尔也帮忙兼奥斯医生的秘书。妈妈对医生相当尊敬，我继承了这一点，尤其是对精神科医生。写书也是她教我的。她给了我第一台打字机，那是台医疗秘书用的打字机，我不清楚这台打字机打过多少份医疗记录和报告，但是那台机器有一种与生俱来的疯狂。妈妈去世之后，我确实有些适应不了，我飞到了伦敦，又坐火车去了斯旺西，后来又徒步走到拉恩。我在布朗酒店的酒吧凳上坐着，把自己灌得酩酊大醉。那是一场神秘又疯狂的旅行。我在母亲的葬礼上读过狄兰·托马斯的诗《不要踏入静谧的良夜》。葬礼结束后，没过几天我就坐上了飞机；我不知道要怎么克服接下去的日子。我陷入了一片疯狂的沼泽，步了一位诗人的后尘。医院有条小径通往斯凯特路。我经过足球场和过去的合作社。低层住宅排成两排，给孩子嬉戏的地方却一个人影也见不着。房子边上有车停着，草坪刚刚修剪过，路上铺着沥青，我看了眼楼梯井，那儿鸦雀无声。这类型的房子总是有种莫名的安静。突然有个拄着拐杖的人影出现在楼梯上，从脚步看像是一位丧偶的鳏夫，他冲着高楼的阶梯往上走。原来是管家奥斯伯格，我认出他了。他住在四楼，我们过去住在十楼，现在那间公寓的门上挂着“劳森一家”的牌子。约金·劳森，电视主持人鲁尼的爸爸。我印象中的鲁尼·劳森是个不大上道的拳击手，但同我爸比起来，鲁尼的爸爸要比鲁尼更出色一些。我父亲也是一名拳击手，可惜他却不比自己的儿子出色，这一点可以通过我的获奖证书来证明。高层住宅的下面有一条通往后院的地道。地道的台阶会经过锅炉房，晾衣绳悬在斜坡上，旁边有一条路通往少女池。沿着地道继续往下走可以看到朗尼湖，然后顺着老邮局街来到奥桑尼。这条马路只有几处地块会在汽车涌入郊区时显得繁忙一些。过了桥，我又穿过一片农场。其实在走路的时候，我并没有迸发出任何更高级的思考来。只不过思考的方式变了。那我现在又在想什么呢？我饥肠辘辘，想找点东西吃。到奥桑尼之后，我进了一家购物中心，买了点东西，包括一个登山包、一双舒服的登山鞋、一些洗漱用品，还有一本《两情人——新爱洛伊丝》。我决定了，从今天起我要远行。

一个孤独散步者的遐想

好吧，为什么不从让–雅克·卢梭[1]开始讲呢，他在《忏悔录》中写道："我终生最大的憾事，就是没有写过旅行日记，以致生活中的许多细节今天都记不得了。我独自徒步旅行时想得最多，生活得最有意义，最能感到自己的存在，如果可以这样说的话，那样充分地表现出我就是我。步行时有一种启发和激励我的思想的东西。而在我静静坐着的时候，却差不多不能思考，为了使我的精神活跃起来，就必须使我的身体处于活动状态。田野的风光，接连不断的秀丽景色，清新的空气，由于步行而带来的良好食欲和饱满精神，在小酒馆吃饭时的自由自在，远离使我感到依赖之苦的事物：这一切解放了我的心灵，给我以大胆思考的勇气……"[2]

卢梭不是第一位将散步与思考相联系的人，但他是第一位对散步的意义进行深入思考的著名作家。他把罗曼蒂克的价值观灌输到散步这件事上：散步让人走进大自然，回归本真，让人立马神清气爽，既感受幸福的真谛，也得到了灵魂的释放。散步者都有身心自由的体验。他可以选择自己要走的路。这不仅促进智力，动动脚还可以使人健康。最好能走到城外头，呼吸新鲜空气，走进乡村，走进自然。大自然既解放思想，还能让人胃口大开。不过我们该吃什么好呢？让-雅克可是大自然的好朋友和坚定的拥护者，但他绝不是素食主义者。读他文章里的小酒馆，我们一定会联想那儿的饭菜美味至极，桌上还有好多美酒相伴。所以说，我们并没有进入大自然的丛林中，而是和荒野之间保持着很大一段距离，换句话说，我们的位置更介于城市与荒野之间。而这种两者相间的感觉恰恰是浪漫主义魂牵梦萦的状态。我们虽已远离城市，潇洒地四处漫步，但距离原始的野性尚存一段距离。我们处在城市与其对立面荒野之间的某个地方。在这两者之间的地方，我对知识、文化没有渴求。大剧院、博物馆还有那些装点着现代生活丑陋面的所谓艺术，都被我们抛诸脑后。可我们也不见得就与城市生活毫不相干，更没有达到再也回不去家的温暖、回不到可以在夜晚写点东西的程度。我们希冀的是一种浪漫的田园生活。美丽的风景此起彼伏，城市街景立刻遁形。一眼望去都是精心呵护的农场和小村舍。这儿有酒馆，还有尖顶教堂。“彻底的安静，”卢梭写道，“会滋生抑郁。抑郁是死亡的象征。”这里并不安静，我们可以听见鸟叫声，还有小溪穿过田野的涓涓声。在那儿，一群羊在吃草，隔着差不多的距离我们还能看见马群和牛群。最可爱的莫过于湖景，

1 让-雅克·卢梭（Jean-Jacques Rousseau，1712—1778），法国十八世纪伟大的启蒙思想家、哲学家、教育家、文学家，十八世纪法国大革命的思想先驱，杰出的民主政论家和浪漫主义文学流派的开创者，启蒙运动最卓越的代表人物之一。主要著作有《论人类不平等的起源和基础》、《社会契约论》、《爱弥儿》、《忏悔录》、《新爱洛伊丝》、《植物学通信》等。

2 让-雅克·卢梭著，黎星译，《忏悔录》，长江文艺出版社，2011年版。

湖上有艘船，等待着那位孤独的漫步者。他用单单一根船桨在水面拨动，背靠在船底，静静躺了数个小时，突然狂喜地大叫道："啊！大自然！我爱你！"

让-雅克钟爱自然。在某种程度上，自然是他的爱人。他爱自然胜似爱一位女性。对卢梭来说，自然首先是一个概念。它纯粹，单纯，不掺杂质，没有纷争。对卢梭来说，自然标志着一处更好更淳朴的生活环境。这样来看，在卢梭眼里，自然似乎代表着城镇的消失，代表着没有虚荣、争论，没有社会、艺术，没有一切他所鄙视的事物。街道和噪音都随风而去，吵闹和伪善，商人和律师，记者和艺术家，全都不复存在。工业和技术也消弭不见。在这里，没有凡事的侵扰，人处于最自然的状态中："他徘徊在森林中，这儿没有工业，没有演讲，没有壁炉，没有战争也没有束缚。他对别人没有所求，也没有伤害他人的欲望。"

按卢梭的说法，散步者是一个朴素又平和的人。他是自由的人。他离开了城市，离开了家庭和义务。他和工作道了别。和责任道了别。和金钱道了别。他和朋友，和他的挚爱、野心、未来都说了再见。他是个十足不守规矩的叛逆者。但他现在也同样要和反叛道别。他独自徘徊在森林中，成了一名流浪者。他走在路上，身上没有太多的财产，但他却拥有了整个世界，他的生命充满了机遇。他背上的包袱，足以载着他需要的所有物品。

让-雅克离开了小酒馆。这名钟情于自然的叛逆者，身上只着一件浅棕色的粗布长外套，下身套着短马裤和长长的羊毛袜。他的鞋子并不厚实，但穿得很舒服。他离开了小酒馆。现在他必须要做个决定了，到底是掉头回家还是继续朝前再走一段路。让-雅克掉头了，他想回家，回到他的书桌前。他当时向一位富家太太朋友借了一套小宫殿住，一回到家就在床边的书桌坐下。在这张书桌前，他写下《一个孤独漫步者的遐想》："记录灵魂在凡人难得一见的古怪处境中的日常状态——在构想出这一计划后，我发现最简单也最可靠的做法，莫过于忠实地记述我孤独的漫步，以及在漫步中不断浮现的种种遐想。在那样的状态下，我的头脑完全放空，思绪毫无负担地自由舒展。孤独默想的辰光是一天之中唯一完全属于自我的时刻，心中了无牵挂，方能展现出大自然所创造的我的本来面目。"[1]

1 让-雅克·卢梭著，陈阳译，《一位孤独漫步者的遐想》，江西人民出版社，2016年版。

我应该有一份职业

“随着我阅读卢梭作品的逐渐深入，”伏尔泰写道，“我越来越控制不住四肢匍匐在地的冲动。”

回归自然？自然的状态就是变成动物吗？不，这不好笑，回归自然不是开玩笑，这是个严肃的命题：我们渴望弯下身来。四肢趴在地上，像条狗一样走路。忘记挺直的背，忘记一切墨守成规的事物，我们要趴下，而不是站立。

在奥桑尼有处吃饭的地方，那是间提供简餐和廉价酒水的小酒馆。四张桌子挤在老旧的镶木地板上，那里的灯非但没起到照明的作用，反而让周围的视线更为昏暗。总之，这是一个挺难错过的地方。

我认识那儿的招待员，克里斯蒂安，他从智利来，许多年前我教过他挪威语。他长得很帅，穿着也时髦得很，除了对女孩儿感兴趣，其他地方一无是处。反正当时我是这么想的，但他现在在这儿上班，为自己找到了适合的行当，也找到了自尊。他把啤酒杯用力放到桌上，力气大得有点没必要。他问我：“你发生了什么事？”

是呀，我身上发生了什么事？

我时不时停下来思考，有时坦然，有时困惑于我是否应该有一份职业。我选择了叛逆，靠写作、出书谋生；游历了很多地方，干了许多疯狂的事情。但我从未有过任何职业。我想，我可能不了解上班族的秘密。餐厅里谈话的秘密、办公室聚会、研讨会以及同事之间的各种秘密，我统统外行！从来没有——从来——体会不了放国庆假的愉悦感。从没有人聘用过你，也没有炒鱿鱼的经历，被升职或裁员的体验更是无从谈起。你从来没有被颐指气使，对老板鞍前马后，没有被推向前或是往回挤兑过。简而言之，你的老板一直就是你自己。

一门职业。实际上这是一个有关时间的问题。你这一生已经走完了一半，再不开始就太晚了，假如你今天甚至明天还不抓紧机会，至少在你改变主意前，你已经错过了这班船，我指的是工作的小船，也可能是错过了一辆车，然后只好孤零零地站在那儿，像个怪人白痴一般，成为一个被任何企业都拒之门外的人。

但到底应该做什么呢？记者？律师？广告商还是销售？不，这些通通不可能，更别提它们还有很多让人难以忍受的东西：钱太多，而顾虑太少，还要出卖道德。这世上有太多不道德的职业了！不如做个邮递员，或是公车司机，抑或是教师？不行，你得承认这些工作都无法吸引你，就同你对做演员、政客或是编辑毫无欲望是一个感觉。所以，在这个问题上我们仍旧一无所获。真相就是，你想找份职业谋生，却不知道想要什么。

这该如何是好呢？你开始思考。你往另一个角度从头开始盘算：欲望。你喜欢干什么？你最享受的是什么？有无可能将兴趣变成一份职业？可以，当然可以。如果有人享受思考的乐趣，那他可以试着成为一位哲学家。如果喜欢写作，那不如竭尽所能去做一名作家。但既然你已经是一名作家了，如此一来，也无须怀有任何哲学意义的抱负了。除了写作和思考，你最钟爱的事情就是散步。你自然可以把散步变成一项职业，比如流浪汉、无业游民、漂泊之人，抑或是徒步旅行者。马路上总有无业游民出现。但今天起，那将是一份职业，一个慢慢淡出历史舞台的职业。至少在高福利的挪威如此。然后你开始寻思：总得有人保护这份职业，承担责任，守护它的自由与骄傲，重建它昔日的地位。没错，你就做一名徒步旅行者。

沿着道路

D.H.劳伦斯写了什么？“宽阔的公路。灵魂的归宿在宽阔的道路上。不在天堂，也不在极乐世界。不在‘天上’，甚至也不在‘体内’。灵魂不应该在‘天上’，也不在‘体内’。灵魂是沿着开阔道路行走的徒步旅行者。不需要依靠冥思，也不需要斋戒。不需要探索一个又一个天堂，不需要通过神秘主义的方式靠内在去感受。不需要过度兴奋，欣喜如狂。不需要借助任何方式，灵魂就能来到她的身边。唯一的办法就是沿着开阔的道路漫步。慈善，牺牲，都没用，就连爱也没用。靠辛勤的工作没用。不用依靠这些，唯有沿着宽阔的道路开启旅程，灵魂才能自我实现。唯有旅程，沿着宽阔的道路启程，和道路进行全方位的接触，让两条腿慢吞吞地走。不管在开阔的道路上遇见什么，请与那些以同样的状态、在同一条路上漂浮的东西为伴，漫无目的地走下去。记住一定是开阔的道路。”

这首斗志昂扬的赞歌得到了哲学界的肯定。索伦·克尔恺郭尔[1]写道：“首先，不要失去漫步的欲望。每一天，我都通过漫步，让自己进入一种健康的状态，我也是通过散步，远离了各种疾病；我通过散步，获得了最有价值的思考，我知道，没有什么烦恼是散步甩不掉的。如果一个人一动不动地坐着，那他就离不适之感越发靠近……因此，如果你能设法坚持行走，所有事都会一帆风顺。”路德维希·维特根斯坦[2]在他那本不太知名的日记中写道：“基督教说：在这里（在这个世界中），可以这样说，你不被允许坐着，但是可以行走。你必须离开这个地方，你不会被突然抓离此处，但你的身体死亡之时，你就死了。问题是：你要怎么行走完这一生呢？（换句话说：这其实是你要面对的问题！）因为，举个例子来说，我的工作内容仅仅就是在这个世界中安坐而已。然而，我必须行走，而非单纯地坐着。”

就连亚里士多德也赞同希腊人将思考和行走联系起来的传统。亚里士多德在学园的罗马柱之间边散步边教学，众所周知，在学校里，他的学生被称为逍遥派，这个词汇来源于希腊语，意思就是：漫步。诡辩家们从一座城镇步行到另一座城镇，教授修辞学。我们都了解苏格拉底的做法，他喜欢在城墙内外走来走去，喜爱边走边说，边闲逛边交谈。不过要是他突然想到了什么好主意，他会停下来，然后在原地驻足停留好长一会儿。有一回，他一动不动地站了一整个夜晚。禁欲主义者的名字就是从雅典的石柱廊上得名的，雅典的石柱廊在希腊语里叫做斯托亚，

1 索伦·克尔恺郭尔（Soren Aabye Kierkegaard，1813—1855），丹麦宗教哲学心理学家、诗人，现代存在主义哲学的创始人，后现代主义的先驱，也是现代人本心理学的先驱。

2 路德维希·维特根斯坦（Ludwig Wittgenstein，1889—1951），二十世纪最有影响力的哲学家之一，其研究领域主要在数学哲学、精神哲学和语言哲学等方面。

而禁欲主义者的英语就是斯托伊克斯。斯托亚指的是他们一边闲庭信步一边激烈辩论的走道。所以说，是哲学将思考和行走建立起了联系。伊曼努尔·康德[1]每天晚上用过晚膳后，都喜欢在哥尼斯堡散步。海德堡有一条著名的线路叫做哲学家小径，黑格尔应该就是在这条路上坚持散步。我们还能回想起尼采的一句经典评论，他说，在任何非室外环境中、任何非散步过程中所产生的思考，都不要去相信。不过，对作家来说，这句话同样适用，过去的作家一边走路，一边写下与此相关的作品。我们都熟知的但丁，他迷了路，由此所著的《神曲》就是一段旅程，一段基督教信徒跟随俄耳甫斯下地狱的旅程，一部转而让吟游诗人产生共鸣的神话故事。喜欢漫无目的闲逛的人里可少不了诗人。漫步的荷尔德林、在湖区和欧洲散步的华兹华斯[2]和柯尔律治[3]，离开家乡疯跑的兰波[4]，多次登山远足的亚斯蒙德·维尼耶[5]，这些都是家喻户晓的文豪。夏尔·皮埃尔·波德莱尔是一名城市里的巡游者，他是游手好闲一族的国王（据说

1 伊曼努尔·康德（Immanuel Kant，1724—1804），德国作家、哲学家，德国古典哲学创始人，其学说深深影响近代西方哲学，并开启了德国古典哲学和康德主义等诸多流派。

2 华兹华斯（William Wordsworth，1770—1850），英国浪漫主义诗人，曾当上桂冠诗人。其诗歌理论动摇了英国古典主义诗学的统治，有力地推动了英国诗歌的革新和浪漫主义运动的发展。

3 塞缪尔·泰勒·柯尔律治（Samuel Taylor Coleridge，1772—1834），英国浪漫派诗人和评论家。

4 让·尼古拉·阿蒂尔·兰波（Jean Nicolas Arthur Rimbaud，1854—1891），十九世纪法国著名诗人，早期象征主义诗歌的代表人物，超现实主义诗歌的鼻祖。

5 亚斯蒙德·维尼耶（Aasmund Olavsson Vinje，1818—1870），挪威诗人，记者，擅长游记写作。

波德莱尔经常被人看见在他居住的楼房外沿着马路乱走，披着睡衣在街上来回闲荡。这位诗人似乎在向世人展示一个道理，他眼中的室外区域已转为室内洞府，他深信，街道就是他的家。与此同时，我们还曾听说，这位诗人的公寓竟充满了公共场所的意味，他的公寓常有人进出，房间始终被他的朋友、陌生人以及各路男女侵占，不分昼夜，常年如此。波德莱尔一定赞同他已将公寓变为街道的这个想法。）我们这个时代的作家，任谁都及不上布鲁斯·查特文[1]走过的地方多，他不仅游历四方，而且跋山涉水、游历甚远。在他的写作生涯中，有一个梦想始终贯穿其中，那便是出版一本有关游牧民族的书。在书中的一条注释里，查特文指出，英语中的“旅行”和法语中的“工作”属于相同的词源，他本计划由这条注释形成一部独立的作品。

一份工作。话再说回来，既然布鲁斯·查特文的行走能成为工作，那在我想来，所谓技艺，不需要经过任何形式的申请，不需要符合任何资格条件，只不过是一件需要着手开始的事情罢了。出门即可，随时随地，不论方向，一往无前，沿着开阔的道路，靠两条腿不慌不忙地走。但就这一件事，行动远不如思考简单，千真万确。不妨让我来告诉你，我第一次远行的失败经历。

1 布鲁斯·查特文（Bruce Chatwin，1940—1989），曾是苏富比最年轻的董事之一，后来辞去工作开始旅行，短短十余年间，他陆续完成的作品包括小说、散文、旅行文学及摄影集等，主要作品有《巴塔哥尼亚高原上》、《乌兹》、《歌之版图》等。

天鹅湖，威尔士，九八年夏

威尔士。天鹅湖。九八年的夏天。我正打算从南部的拉恩（在那儿我参观了狄兰·托马斯的船屋和塔夫山口的车库书房；啊，白鹭上了青天，酒吧里尖叫不断，耳边还回响着那首歌："黑暗是和光明一起并存的天堂。"）。前往北部的康威，这条路也被称为威尔士之路。根据那些酷爱漫步之人的测算，这条路徒步要走上三十天，是世界上最美的徒步路线之一。我的热身工作包括：与一位朋友横跨西班牙，曾在许多地方露营，露天、森林、路边还有沙滩。通过这番训练，我已能在各式各样的地方入睡。我在挪威的西部山区和峡湾中交错穿梭，在沥青和砾石上行走，沿着森林小道和邮政货运的专道一路前行，前后攀了好几座峰顶。我身穿西装，费尽辛苦登上挪威最高山斯考拉山的山顶，还蹬着马丁靴连滚带爬地上了挪威最高峰加尔赫峰。我徒步于河流和冰川，于隧道和城镇里穿行。但这些都只是小儿科。这回才是动真格的。首先，我没有旅伴，既没做任何行程计划，对行程的时间也毫无头绪，一个月还是两个月，我没有概念。我横穿英国之后，便踏上回家的路，这一行可能要耗费长年累月的时间，不管有没有路费。如果没有，我或许会去农场打工，或者找家餐馆帮忙，谁知道呢。无论如何，我都会沿着宽阔的大马路继续奔驰。那天下着雨，我淋着雨从拉恩出发，穿着休闲服装，踩着马丁靴，背上扛着一个黑色的双肩包，里面装着一个隔热垫，一个睡袋，还有许多书。我买了件雨衣，处理了一批旧书和要换洗的衣物。根据奥斯兰德原则，为了给自己减负，我把非必需物品通通扔了，包里最后只剩下放必需品的位置。处理完毕，背包似乎感觉不到一丝分量。一切准备就绪。可偏偏天公不作美。这场雨连下六天。雨水把整座威尔士城染上了湿漉漉的绿色。我在心里诅咒这片霉湿的绿洲。外套彻底废了，靴子也磨坏了，两条腿隐隐作痛，这是什么狗屁的徒步探险之旅。我要骂人，骂布鲁斯·查特文，骂D.H.劳伦斯，骂乔治·奥威尔，骂我自己，还有所有让我踏上这场荒唐透顶的旅途的人。我的归属地难道不应该是在书桌前吗？我难道不应该像卡夫卡所提议的那样，用链条把自己拴在书桌前？我难道不应该写点书？我是一个没有像样的家庭的人吗？我难道没有家人吗？我是否渴望过要寻找一份职业，一份收入稳定的正当职业？故事起源于一个疯狂的想法。放弃吧。跳上前往阿伯里斯特威斯的汽车后，我入住了一家酒店，特意挑了一家防雨的小酒馆。那儿望不见一丝绿色，我在酒馆里喝得视线模糊，连自己徒步旅行者的身份也给抛诸脑后。不，我还没有决定放弃。喝的酒越多，重新振作的念头就越强烈。不过，威尔士不适合。我既不醉心于终日滴绿的地方，也不钟情无止境的雨水。不不，我还是换个别的地方吧。接下来我要谈谈我的第二次尝试。

施陶芬，德国，九九年春

德国。施陶芬。九九年春天。我同一位朋友准备穿越黑森林，从北部的施陶芬（浮士德和梅菲斯特订约之地[1]）到南部的托纳伯格（海德格尔著名的小木屋所在地）。为此次行程我购入一套新的复古西装，吉卜赛式样，裤子上有些许褶皱，蓝色料子配银蓝色条纹。新入手的马丁靴和太阳眼镜，随行带了创可贴和绷带，可谓是装备齐全，准备充足。往包里塞了两瓶德国干红葡萄酒，用来暖身子，此外还有一瓶睡前喝的威士忌，以及各种药丸。上山，出发！上山！施陶芬的天气是三十三摄氏度，热极了。直到汗水渗透衣服，无法分辨布料和皮肤，连双脚和靴子还有脚下的路都融为一体，我们才停下脚步。走在森林中的我们成了森林的一部分，饮完酒，五官变得丰盈立体。我们听见鸟儿的叫声，看见树木的影子，闻见森林的芬芳，我们仿佛化为无物，拥入大地的怀抱中！

我们开始吃自带的干粮，有德国香肠和干面包。我们把藏在湿报纸里的葡萄酒喝了。边吃边聊，好不愉快。我们聊了聊海德格尔。海德格尔在托纳伯格有栋小木屋，保罗·策兰和勒内·夏尔[2]曾经去那儿拜访过他。我们还聊了海德格尔和纳粹主义。我说：萨特倒向了左派，这是一次错误的转向。海德格尔则是误入了右派的歧途。不过这并不代表我们应该投入中间道路的怀抱。我们应该走极端激进路线，又要避免意识形态的问题。虽然我说的没错，但今晚我们应该睡哪儿呢？吃完聊完，我们继续上坡，在山顶上一览众山小。黑压压的森林、湖泊、小道还有德意志帝国都尽收眼底。啊，德意志帝国。我们把绝缘毯铺开，钻进睡袋，干了一杯烈酒，然后躺在欧洲的中心聊了会儿天。在这座高山上，我们建立了"慢速党"。我们党反对一切速度过快的事物，比如飞机、汽车、敏捷的思维、快船还有城际铁路。相反，我们赞赏一切慢速的事物。对着瓶子吸了几大口之后，我们才明白，原来我们的政党是如此激进，为此我们起草了一份宣言，并选蜗牛为我们的党徽。一来因为蜗牛很慢，二来因为蜗牛很好笑。晚安。

早晨我们被鸟鸣声叫醒。升起的太阳给大地投来一阵暖意。我们吃了一顿丰盛的早餐，然后继续前行。下坡上坡，一路朝菲尔德山走，地图上显示那边有家小旅馆。我们沿着小径，穿过牧场，走过一望无际的荒草地，跨过森林中的空地，偶尔会突然瞥见野兔和牡鹿。我们边走边聊，有时光走不聊，有时边走边想，就这样一路经过了围栏，跨过了门槛，沿着小溪继续往前走。经过三天的征程，我们终于到了托纳伯格。临近傍晚的时候，我们抵达了山里的小村镇，天气有点雾茫茫的，我们遂放弃了找寻哲学家小木屋的想法。每次向经过的路人随便问个路，对

1 歌德《浮士德》中的人物形象，梅菲斯特是与浮士德博士订约的魔神。

2 保罗·策兰（Paul Celan，1920—1970），德国诗人。勒内·夏尔（René char，1907—1988），法国诗人。

方总是一脸莫名地说：海德格尔？我不认识他，从来没有听说过这个人。可能他们从来没听说过继康德和尼采之后，德国最伟大的哲学家。他们不知道他是谁，而他却在离开弗莱堡到此处教书期间，在这里居住过。马丁·海德格尔？我们向招待所的女老板打听。待会儿我们准备在这家招待所里冲个澡，歇歇脚。“啊，马丁，”她说，“他曾经给我爸发过烟，当时我爸爸还只有十三岁。你想见一见我爸爸吗？”“嗯，当然啦。”我们带了瓶红酒出门，去找她父亲。“小木屋现在没人住，”他说道，“没人使用。好些年前有支从英国电视台来的队伍到这儿住过，但是自那以后这里一直清静得很。没人打听马丁·海德格尔。”

第二天早晨我们找到了这间小木屋。它盖在小山坡的山顶上，藏在树木和灌木丛的背后，即便如此，我们还是凭照片认出了它。让我们倍感意外的是，百叶窗居然是开着的，就连门也敞开着。我们要不撤退吧。不行。我们花了三天才走到这里，那栋著名的小木屋离我们只有不到五十码的距离。我们继续往山上走，脑袋和心脏剧烈跳动着。我在思考，万一木屋里突然冲出来一个精神病人，追着我们跑该怎么办？果不其然。当我们慢慢逼近小木屋时，可以窥见门廊处有一个人影。我大吼着说，我们是从挪威来的，从施陶芬一路步行至此。我自我介绍着说，我是一位徒步旅行的作家。人影朝门外跨了一步，伸出一只手来对我们说：在下海德格尔。

原来这位是海德格尔的孙子。我们分别进行自我介绍之后，他请我们喝了这里有名的山泉水，然后各自随意找了一块大石头坐下聊天，我们聊了有关挪威和徒步的事儿。他从祖父的徒步之旅聊到哲学，还特意提到了诗学和文学。嗯，他当然知道吕迪格尔·萨弗兰斯基的那本《海德格尔传记》，也清楚托马斯·伯恩哈德在《历代大师》里对海德格尔的尖锐批判。“我们应该把训斥当成一种极大的赞美。”他用这句话作为我们对话的收尾。“你们现在要朝哪儿进发？”他询问道。“我们会继续往前走。”我说。

继续。我们继续往前走。听上去犹如童话故事里的情节。但我的双脚受伤了，是之前露天睡觉惹的祸，现在给了我颜色瞧。我提议在宾馆里过一夜，因我想念有床、有电视机、有墙、有窗帘的日子，我怀念没有鸟鸣，不用露宿室外的生活。但面前的这位徒步旅行者，我的朋友纳维，他建议我们先跨越多洛迈特的意大利边境。他想去山间漫步，看看各种奇形怪状的岩石堆，在高海拔地区跋涉，而后露宿，进行一次真正的徒步旅行。为此我们争执了一番。我不得不承认我已精疲力竭，看来我并不是一个合格的徒步旅行者，这就是我第二次失败的徒步之旅。故事的最后以我们坐上穿越意大利边境的火车而收场。在旅馆里过了两天一成不变的日子之后，我又再度坐立难安，浑身悸动。我的血液渴望行走，这让我萌生了再次踏上徒步之旅的念头。

不过到现在我已经懂得了一个道理，要真正爱上徒步，绝不只是打个响指那么简单，要成为一名徒步旅行者还有很长的路要走。这需要慢慢适应，需要勇气，需要训练，更需要时间。

在穿越通往阿所罗的森林时，我们发现了一栋房子，我曾经和我的朋友哈罗德·科斯泰罗在里头住过，他是一个从来不写作的作家。我就是在那栋屋子里写下我第一本小说中的部分章节。我思忖着，当我们路过葡萄酒庄、经过橄榄树和蜂房、穿过山楂树树篱时，这是否算是完成了一个循环。循环从现在开始，而这里就是旅途的原点，也是通往我成为徒步旅行者的漫长之路的起点。

孤独的起源

我离开饭馆，走出奥桑尼卖酒处的大门，套上嘉蒙特的新靴子，亮绿色的鞋面和我的海军蓝西装很配，衣服上还有一些浅色条纹，裤脚是喇叭裤的式样。我在西装里搭了一件新的白色衬衫，最亮眼的莫过于背上闪闪发光的橘色运动背包。我对自己的这身打扮很满意，果断地朝着奥桑尼教堂行进，接着再踏上邮政大道。他们说，卢梭在远行的时候穿着亚美尼亚的服装，头顶皮帽，裹着皮围巾，外面一件家纺的套衫。拉姆齐曾经给他画过这身行头的画像。

卢梭自信笃定的装扮和眼眸间可瞥见的疯狂，都与他自己在《忏悔录》引言中所画的自画像遥相呼应。他写道："我开始了一场前无古人后无来者的表演，我要向我人类的同胞们展现一位将自然融为一体的男人，而这个男人将是我自己。"

其实，人是无法客观真实地刻画自己的形象的。

你只要提笔，就在隐藏。而我正在用语言掩蔽自己的缺陷。

莫里斯·布朗肖[1]对克尔恺郭尔的评价也同样适用于卢梭："通过不断地谈论自己，反思生活的点点滴滴，克尔恺郭尔未能如实地说出真正的核心内容，并通过保持神秘来彰显他的不凡。他时而表露自己，时而隐藏自己。”

亚美尼亚的装扮正是一种伪装，和卢梭用写作来进行伪装一样。他并非从大自然中寻求安慰，而是在用文学藏匿自己，躲在堆砌如山的词语背后。他重新设计了自己的形象和周遭的环境，并且非这么做不可。卢梭并无任何独特之处，只是有意让自己变得与众不同。他借由作家的身份，让我们相信他是一名属于自然的孩童，一名假装设立杰出标杆的英雄，一名秘密特工，一个闲逛的漫步者，一个彻头彻尾装腔作势的人。“我明白我的内心，我也研究过人类，我生来就和我所认识的任何人都不一样，或许这世上不存在和我一样的人，至少我是原创的，大自然是否劈山斩石，精心塑造了我，只有通过读完这部作品才能下定论。”

当你读到卢梭这个人物时，你会充满对让-雅克这位大作家的敬佩之情，这个男人似乎让人更难以接近，甚至面目可憎，但读者的特权就在于他永远不需要和他阅读的这位作家打招呼：“我在这个世界上是如此的孤独，没有兄弟姐妹，没有左邻右舍，没有朋友，除了我自己，没有人陪我。”

发现孤独的人难道就是卢梭吗？

看起来似乎是这样。和所有伟大的孤僻者一样，卢梭也渴望有伴侣相陪的生活，而他越渴望，便越投入写作，心理也就越孤单。是写作将

1 莫里斯·布朗肖（Maurice Blanchot，1907—2003），法国著名作家、思想家，代表作有《死亡的停止》、《文学空间》、《未来之书》、《无限的谈话》、《等待，遗忘》等。

他变成了自己的敌人，是写作让他与世隔绝，孤立无援。但写作也可以是阿喀琉斯[1]手中的长矛，能够治愈孤独引起的伤痛，写作让卢梭的孤独蜚声于读者和蠢货。

卢梭对待读者的态度非常傲慢冷漠，同蒙田在《随笔》中别无二致："致读者！这本书是坦白的。它从开端便向读者预告，我在这里除了叙述自己的家常琐事，并没有拟定其他主题……所以，读者，这部书的题材就是我自己，断没有为一桩这么不值一提的事消磨你的时间的道理。再见吧。"

1 阿喀琉斯，荷马史诗《伊利亚特》中的半神英雄，在特洛伊战争中被暗箭射中脚踵而死。

告　别

孤独的起源一定来自语言，我一边思考一边穿过农场的大门，那儿的邮政大道是段上坡路，通往梅林根。这条路很可爱，曾是邮递员用来徒步投信的。信不就是孤独的绝佳象征吗？作家孤独地坐在他的书桌前，写下一封离别之信。一封情书。黄色信封被粘上之后，便将自己托付给命运。写信不是为了缓解孤单，而是将孤独封缄。

当我沿着邮政大道步行的时候，这些念头会不自觉跑入我的脑海，让我想起荷尔德林给诗人卡斯米·乌尔里奇·博伦多夫写的信，就在他准备徒步穿越瑞士的阿尔卑斯山区，再辗转去往法国前："从现在起，直到我们下次见面前，请好好生活，我珍爱的朋友！对于告别，我已经做好了充分准备，我也很久没有哭过了。当我决定要如此匆忙地离开我的故土时，或许这次是永远的离开，我忍不住流下了苦涩的泪水。"

但荷尔德林并没有离开很久。第二年他回到了母亲的住处，"白如幽灵，憔悴不堪，脸颊凹陷，眼神狂乱，长发和胡须，穿着像个乞丐"。走了这么多路，并没有让荷尔德林的精神状态好起来，他反而正慢慢走向发疯的边缘，文学史将这段经历描绘成一段长期与世隔绝的生活："他把自己关在蒂宾根尼察河畔的一栋被叫做荷尔德林的塔楼里。这位思想灰暗的诗人在这个地方，度过了他生命中最后的，也是他最坐立不安的三十五年。每天黎明时分，他爱出门绕着花园漫步四到五个小时。剩下的时间，他会在房间里踱来踱去，没完没了地和自己对话。”

荷尔德林崇拜卢梭，这位哲学家以另一种圣贤的形象在《莱茵河颂歌》中出现：

> 但他的灵魂
> 像你，卢梭的一样，固若金汤
> 坚强且保有耐心
> 思绪冷静沉着
> 善于倾听

哎，好吧。荷尔德林没法像我们今天这样获取传记。除此之外，这两个男人之间有太多的相似点，他们在彼此身上看见了自己。荷尔德林漫步的独特之处在于，漫步不仅在身体上，并且从精神上摧毁了荷尔德林的健康，而卢梭对徒步旅行的评价恰恰相反，他认为徒步不仅带来健康，更能激发思考。这可能是因为卢梭主要做的是短途旅行，他模糊了肆意散步和徒步旅行的真正含义，而荷尔德林做的都是长途跋涉的旅行，在他徒步的过程中，他的经历让他精疲力竭，并留下伤疤。但这些都是猜测，我们没法确切地知道真相。可以肯定的是，长时间的徒步确实劳心费力。但凡读过徒步旅行者和流浪汉故事的人就会知道，漂泊的生活是相当艰辛的。但凡见过无业游民的照片或是画像的人，都能看得出无业游民的生活是相当不容易的。但凡自己尝试过连续数月徒步旅行，就会知道流落街头的日子不仅残酷，对人的消耗也很大。

你成了无家可归的人后，只能露宿街头。你成了一个陌生人，引起了周围人的猜疑。你又脏又饿。你孤零零地继续向前走，屋外刮风下雨，你拼命找寻栖身之所，谷仓也好，民宿也罢，你将属于你的东西扛在背上，双脚疼、肩疼、浑身疼，此刻的你多想有张床，有个爱人在身旁。

我经过了好几片农场，穿过一扇门，沿着小溪走，最终映入眼帘的是城市的边缘，这里是我曾经转身离开的地方。奥桑尼。郊区近一半的土地被机动车道、购物中心、新大楼和房地产给占据了。排屋、街区还有那些分离式的房子看上去既单薄又扁平，隔着这段距离看上去，根本无法居住，像是舞台上的摆设一般。当你推开这些房子中某栋楼的正门时，那感觉更糟糕，这户人家唯一的与众不同之处在于，它同其余所有的家庭长得几乎一模一样，客厅里放着一台电视机，灯具散落在四处，人造光线提供的暖意让人没有愉快的感觉。多余的房间、喧宾夺主的家具门，以及半暖色调的室内设计似乎在向我们喊话，控诉我们铺张浪费，生活却过得百无聊赖。

奥桑尼的另一侧延伸到田野和山林的背面，那儿有老房子、农场、拖拉机专用道、小径、溪水，还有花草树木。这条长坡道在阳光的照射下闪闪发光。这就是老派和新派。老派不一定就比新派好。新派也未必有超越老派的长处。但每个人必须做出选择，发挥自己最大的能耐，让自己过得舒服自在。花了那么多的钱，怀揣着无数的希望，结果，乡村美景丑态百出，建筑物变得更为贫瘠，这究竟是怎么一回事？

我们究竟是如何选择了这些廉价却快速的途径，如何一边挥金如土，一边却建造出、创造出如此不堪的产物来？当你走在奥桑尼的老邮政大道上时，你不禁会冒出这些想法来。

这让我有了写信的冲动。

心中满是逃离这个地方的念头。

我越过山顶，朝着布雷斯泰恩的监狱往下走，那儿有高墙，墙边有棵树，树的影子从坚硬的混凝土墙上缓缓升起。两匹马在高墙前面吃着草，似乎在诉说高墙之外的自由与美丽，高墙内的痛苦与挣扎。

经过监狱和难民接待中心，我遇见一群嬉戏的人。然后我路过花园和房屋，看见一只用皮带拴住的狗，接着我走过一间暖房，从花坛来到一间车库，有名男子正坐在他的车里。在我漫步过的这些地方，我看见的只有监禁和束缚，于是我加快脚步，沿着碎石路来到码头，准备搭船去瓦勒海滩。我在码头边脱下衣服跳入海中。我一边在峡湾里游泳，一边看着行至半途的游船。

完美的一天

罗尼沃格是一栋简单的民宿，里头有许多小房间，房间里有一张床、一张桌子和一把椅子，很符合它该有的样子，一间现在没人要、以后也没人要的房间。我把背包放在地板上，掏出笔记本，记录我今天走过的路程。

我听到窗外有吵闹声和笑声，是个派对。一群年轻人正围坐在一张塑料桌子前喝着啤酒。今天是周末。我听见欢笑声中一个很特别的音调，那是一种不耐烦的声音，尖锐的音调中带有愤怒，来吧男孩们，我们现在不在学校里，功课也做完了，一起不醉不归。我走下楼，朝摆放着塑料桌椅和太阳伞的露台走去。我在一张桌子旁坐了下来。另一张桌子被年轻人给占了，有男有女，围成一圈坐在桌子旁，他们一边喝酒一边抽烟，沉浸在自己的世界里不能自拔。我其实一点儿也不嫉妒他们。但有一瞬间，我竟感到一阵疼痛，心底似有某种欲望，但我不知道我到底想要什么。他们在桌子边围坐成一圈，我开始忍不住端详起他们每一个人，他们的脸、头发、手、动作。虽然他们的穿着打扮和其他年轻人一样，但他们却不是其他年轻人的样子。太阳下山了，鸟儿们找到了安家的树。

有辆车停在露台边，一部分人上了车，其中有一名女孩，她穿着黄色的毛衣，浅金色的头发，脖子上系着一根十字架项链，脚上蹬着一双及脚踝的皮靴。她上了车，突然，她透过后挡风玻璃，往我坐着的位置回头看。

早晨的时候太阳很好，光线从云层中钻出来，穿过叶子和树干打在窗户的另一侧，再穿过窗户，从窗帘的缝隙中照进来，越过地板，斑斑点点的光束照在我的床和枕头上，最终打在我的脸上。光线先透过我的眼睑，接着穿过漆黑的梦境，将画面融化。光线化成水，于是我便梦见了水，感觉自己正在朝水面浮动，我冲出水面，抬起头。天亮了。我醒了。躺在床上的我仍游荡在残存的梦境中，美好的一天开始了。

今天会是完美的一天吗？

今天是星期六，我可以按心意做我想做的事。

我可以待在床上，也可以走回城里。我可以继续沿着宽阔的马路走下去。空虚贫乏的生活就在那儿守着我。踏出门口，是我唯一需要做的。

下了楼，我打算吃早饭，有鸡蛋和白面包，我给它们配了一块奶酪，倒了一杯橙汁和一杯咖啡。餐厅里就我一个人，没有配备任何工作人员，也没有任何人来光顾。我很高兴能独自享用这样的餐厅。酒店的空房提醒了我当初的选择，我选择住进一栋空房子里，选择了空荡荡的客厅和空荡荡的房间，选择了以写作为生。

开头十英里，我沿着马路往北走。接着我穿过东罗伊岛的其余部分，翻过山谷，沿着矮矮的山脊和森林之间一条窄窄的小径走，森林里长着许多桦树和山杨，阳光洒在路上，照亮了森林的通道。我拿着地图，盘算着要走到卡勒斯塔德才行，这之前还过了一座桥，穿越了维亚峡湾。根据我买的这本地图册的指示，我可以在斯塔尼斯那儿找张床歇一歇。沿着小径走的时候，我仿佛感觉自己正漫步于另一个时空，池塘里养着天鹅，身边经过一栋废弃的乡村别墅和一处无人照看的农场。这条小路灵巧地穿梭在田野和沼泽中。漫步了一整天，除了荒凉萧索的景色外，一路上只见到前人留下的足迹，和一座围着栅栏、杂草丛生的花园。

这片土地让我联想到颂恩峡湾，那儿有许多废弃的小农地，地方虽小，却返璞归真。农地里有栋空空的干草谷仓，房子里静悄悄的，生活的某些元素似乎倚赖在这些耕地上。听，是什么声音？窗户里是否有东西在移动？是人脸吗？还是脚步的声音？我记得罗福滕有个地方，当时我们也是在徒步旅行，但那儿已经被人遗弃，总共有七八幢房子，还有一所空学校。我们把门破开，在里头找了个地方睡了下来，意外地发现教室非常整洁，所有东西完好无损，仿佛小学生们刚刚才从教室冲出去，开启他们盼望已久的假期模式。墙上的日历却把这份幻想打破。原来，这所学校曾于1977年的6月开放。我想到了颂恩莫瑞，在通往约耶的碎石路上有个地方。约耶爆发过一次猛烈的洪水，直接将整个地区淹没，那儿的房子直到现在还静静地躺在水下，仿佛一切都安然无恙，充满了神秘的气息。

我心神不定地走过曾经俯瞰过的地点，农场和动物的景象意外地展现在我眼前，这也算是对我艰苦攀登的犒赏吧，令我有些喜不自禁。其实，我只不过是在杂草丛生的山坡上往前走了几英里而已。然而，翻过高地，走进露天的乡村后，生活的面貌仿佛变了样。眼前青砖碧瓦，路面养护有加，交通工具应有尽有，生活轻松自在。这让我想起了霍夫曼笔下的罗登海姆男爵，他爱游历四方采集美景。这里的景色既非器宇轩昂，也非别具一格，而是普普通通，随处可见，站在乡村任意高处看，都不会有人注意到它。但我却对这儿的景色十分中意，看着它能让我安心。在草地上坐下后，我靠在背包上，点了根烟。维尼耶有一首诗，诗歌中，他把他的背包歌颂成自己最好的朋友，他最可靠的伴侣。这竟是真的，因为我也慢慢喜欢上了我的背包，它像一个粘在我后背的小矮子，我甚至还会与它聊天。我说：现在我们休息一下吧。就在那一刻，我注意到草地里有动静。在离我大约五六码的地方，有副身躯。与其说我看见了它，不如说是我感觉到了它。它的个头相对挺大，有小孩那么大，像刚刚出生。果然，当我小心翼翼地站起来，走到它面前时，我发现真有一头小鹿。它闭着眼睛躺在地上，鼻子险些陷到泥土里，已奄奄一息。一大群苍蝇围着它的额头周围，挤挤攘攘。一大块脏兮兮的黑色覆在它的身上。它的表皮没有伤口，也没有任何明显的伤痕。看样子它还在呼吸。这是在暗示要我做什么吗？悲伤的情绪压得我不堪忍受，心底突然燃起一股无名火，我决心把苍蝇赶走。要轰走苍蝇，光靠挥手不行，还得用手抓。它们已经沉溺在死亡的气息中，不会轻易放弃如此美味珍馐，但我成功地将其赶走，一只也不剩。接下去发生的事情有些出乎我的意料。我竟然把小鹿抱了起来，扛在肩上，准备把它带到最近的农场。我一边走，一边思考，我的干涉是否妥当，是否应该丢下小鹿，或许小鹿的母亲就藏在附近，但被我给吓跑了。我犹豫不决，不确定自己的选择是否正确，我究竟应该把小鹿抬到村里还是放回我找到它的地方呢？我前思后想，不论我怎么奔波，它也已经气若游丝，几乎没了生命的征兆。我对自己说，它就要死了，你必须接受。接受死亡是很重要的事，理由有很多。你改变不了一切，这一次也不例外。

我把小鹿又扛回我最初发现它的地方。

与死亡的对抗，我放弃了。

我放下肩上的包袱，卸下死亡的重担。

我把母亲、阿格奈特，还有小鹿，一起从我的身上卸了下来。

把小鹿侧放在草地上后，我便转身离开，沿着斜坡朝农庄前进。我决定走到第一户农家时，敲门讨杯水喝。

我找到一处休息的地方

天色渐暗，我必须得找个睡觉的地方。从格洛斯海湾步行出发后，我来到一个陌生的地方，这里是四条峡湾的汇集之地：约斯特峡湾、罗马海姆峡湾、艾德斯峡湾和维亚峡湾。我仿佛进入一片散发着自身力量的地带，这片区域的水流波澜壮阔，比山川壮阔，比森林震撼，比青草悠久，比公路宁静，海滩边还建有一排别墅。这条狭长的峡湾像是大陆伸展的一对手臂，比躯体更有劲。峡湾载着无限的自由和梦想来到山谷密闭的头盔中。这里的水域有种沉默的力量，非常自然，使我联想到童话和《圣经》，相信这其中的故事都是真实的。或许，雅各布和天使就是在这样一个地方摔跤的呢？航行在高山洪水中的诺亚方舟会不会就是在这个地方觅得了遗世独立的净土呢？峡湾汇聚处似乎散发着某种力量，像是一道光，让我大开眼界。

这究竟是什么呢？

天使？独角兽？海蛇？可我唯一能看见的，只有一艘滑入峡湾的货船。它跟我走了一段路，当我沿着峡湾走时，它就在我一侧漂着，既安静又令人困惑。没错，这就是我心目中的史前怪兽，它在黑暗中散发耀眼的光芒，在水中继续呼吸，心跳声重重地捶打着地面。大雨接踵而至。雨点反复敲打着水面，撞击着沥青的碎石路面，抹去了陆地和水域的分界线。天空灰茫茫的，山也灰茫茫的。很快，世界陷入一片黑暗。我随着货船的光线，跨过陆地的桥。刚抵达斯塔姆尼丝，我发现这艘船也在码头上停了下来。船上的卧铺已经满员，早饭也已售罄，连打盹的地方也没有，我浑身湿冷，又饿又渴。我沿着码头走时，有人朝桥和船的方向大声呼叫。一名女士和两名男士走在甲板上，我问他们，船上有无可以歇息的地方，随便哪儿都行。回答没有。这仨人刚巧要下船，码头边上有辆他们的车，打算北上木达尔，可以捎我一程。我对木达尔的提议表示同意，我正巧要从这条路上山。

在木达尔发生的事像是童话故事的情节一般，我打开车门，费了好大力坐进后座时，眼前突然冒出神话中的四头怪。我认得其中三个，托尔，希德古恩还有希德古恩的姐姐伊丽莎白。另外一位自称D. J.木达尔。真巧，这一定就是传说的偶遇了。如果偶遇确实存在，那他们一定是去码头，到码头边的酒吧里喝啤酒。你要不要跟我们一起去呢？要。你是不是应该找一个睡觉的地方了？是。那你现在来这儿想要干吗？去颂恩峡湾。步行去？没错。山里下着雪，你准备就穿这套衣服过去？没错。好吧，要来杯啤酒吗？两杯，谢谢。

我们坐在靠窗的角落里喝啤酒。雨水打在窗框上，细长如裂缝一般的峡湾被黑暗吞没，消失在山岭中。天空弥漫着一层浓厚的黑雾，很难想象，如此微弱的光线竟能驱走黑暗，带来光明。我们围坐在桌灯旁。

希德古恩·达尔和她的朋友们刚刚参加完有关诗人奥拉夫·纽嘉德[1]的研讨会，会议结束便返回木达尔。坐在她身旁的，是她的朋友，亚斯比约恩·阿尔尼斯，艾瑞克·瓦森德恩，英格瓦·彼得森和约文德·奥德兰德。我们聊起了奥拉夫·纽嘉德和他的诗。边聊边喝，酒馆仿佛解开了我们与礁石和码头之间透明的细绳。不知不觉，我们在狭长的峡湾上漂浮，朝着更广阔、更重要的天地靠拢。我们正坐在世界的中心，只要奥拉夫·纽嘉德用英语或德语写作，他们说他一定会成为国际知名诗人，蜚声海内外。

好吧，或许他们说得没错。但奥拉夫·纽嘉德能凭借方言创作出那么美的诗，这难道不正是他的独特之处吗？他虽然名气不大，甚至有些不起眼，但他的诗歌却依然在了解他的读者中引起了巨大的反响！奥拉夫·纽嘉德成功的秘诀，就在于他的读者群很有限，很少有人会读他的诗歌，这反而赋予了他的文字一种深不可测的力量，读他的诗仿佛能让全世界安静。他选择用最困难的方式绽放诗歌的美，美得捉摸不透，如雾里看花，难以触及。在沉寂了这么长的时间后，它开始和周围黑蒙蒙的景色越来越一致。翻阅诗篇，如同经过一棵树，不需要真正地看见，不需要理解被我们甩在身后的到底是什么东西。树和诗传递着同一个讯息：我们一定要学会去看，去阅读。读奥拉夫·纽嘉德时，我们会意识到，原本想要搜寻、渴望的一切都可以在诗里找到，这些东西近在咫尺。

1 奥拉夫·纽嘉德（Olav Nygard，1884—1924），挪威文学浪漫主义晚期向现代文学转型期最重要的诗人之一。

无论我们身处何方，它就藏在我们周围最亲近的地方，在最平常的风景里。

喝酒聊天继续进行。我们渐渐开始夸夸其谈，口气一个比一个大，坐的位置却越来越小。酒馆仿佛在慢慢缩小，一点一点恢复成它初始的尺寸，漂向这座狭小的山谷，回到它原来的地方。我们大声说话，满脸通红。我们被困在了木达尔，任谁都看得出来。不过我觉得留在这儿挺舒服的，这我必须承认。和朋友坐在桌子旁喝啤酒，我想不出比这更棒的场景了。

我闭上双眼，聆听大自然轻柔的嗡嗡声。这儿有玻璃的声音，有啤酒的香味，还有烟草的醉人芬芳，把脑袋轻轻地靠在对方的肩上，幻想着自己很快就会躺在一张床上。

定下心来，休息一下。

在木达尔的达尔家吃早餐

早晨，太阳升起，河水径直从屋旁流过。我醒来后在床上躺了很久，听着河水从窗户、门缝、墙壁和屋顶流下来的声音，地板的积水线慢慢上升，最后把整个房间灌满了水。我在做梦，梦到自己一觉睡去再也醒不来，成了一个沉睡者，不管身体怎么晃动都离不开水面，不论如何用力都无法睁开眼睛。醒来的时候我浑身湿透，像是和人打了一架。我在河里挣扎着让自己站起来，这才从梦里挣脱出来。

希德古恩·达尔写了三部诗集。这栋矗立在河流上的房子是她长大的地方，小河曾经沿着木达尔一泻千里，涌入峡湾。峡湾的其中一条支流可以延伸至卑尔根。但现在，水坝和工厂驯服了这条河流。它照亮了木达尔和卑尔根的房子，照亮了挪威东部和瑞典的城市。这是美妙的创意，这座身处挪威西部、藏于高山、既暗淡又封闭的小城，竟照亮了别处，给那儿的房屋和客厅带来光明。这就像诗里所写的，奥拉夫·纽嘉德的愿望成真了：木达尔的景色光芒四射，点亮了远处和邻国的生命与梦想。

乡村的原始风光遭到了破坏。大片的山地被公路、水坝、人造湖、岩石和青苔里的水管毁灭。奥拉夫·纽嘉德曾居住在克罗森农场，这里现在却因电压线和电缆塔变得四分五裂，钢铁和灯光像会唱歌的丝线交叉错杂，共同编织出一片新的风景，需要一种新的语言来诠释它的美。

打造这门语言的人中，有一部分现在正坐在达尔家的早餐桌旁。

我们围坐在桌前讨论写作，比较止息和行走。希德古恩在写一本关于女性的书，书中的女性角色都曾徒步行走，如多萝西·华兹华斯[1]和弗吉尼亚·伍尔夫。我问她："奥拉夫·纽嘉德算不算是一名漫步者？"

"不，他算不上真正意义上的漫步者。确实，他在山中走过一小段路，和其他人一样，从克罗森步行至此。当时，这儿曾是交通枢纽，邮局、商店，还有很多轮船都聚集在这里。他从克罗森走到这里，折返回去，这段路挺长的，但他算不上是一名漫步者。不用去农场干活的时候，他喜欢静静地坐着。诗人就爱坐着一动不动。纽嘉德诗歌中的运动总是与宇宙相关，或与灵魂有关，他爱观察日常琐事，然后将它们编织成宏大的叙事情节，充满普世价值，无所不包。诗人喜欢观察大自然的运动，但爱观察的人，或者说观察家，往往都是静止的，他们不是休息、睡觉就是清醒地躺着，仿佛遇到暴风雨不得不困在原地。"

"那他像荷尔德林或兰波吗？"

"既像也不像，对纽嘉德来说，他的想法和渴望始终在变化，但他本人保持静止，永远待在同一个地方。奥拉夫·纽嘉德是一个本土诗人，

1 多萝茜·华兹华斯（Dorothy Wordsworth，1771—1855），英国作家、诗人。威廉·华兹华斯的妹妹。

但他究竟属于哪片土壤，我不知道。”

“那个地方有两个太阳。”

“有很多太阳。贡纳尔·埃凯洛夫[1]对乌洛夫·拉格克朗兹[2]说过：‘我生活在另一个世界里，而你也住在那儿。’”

“诗人并不孤单。”

“不孤单，至少不那么孤单，但又很接近孤单。”希德古恩一边说一边笑了起来。

“你正在写一本关于行走的书。”托尔对我说。托尔的脸非常严肃，让我想起一种鸟，机警、冷静，仿佛始终处在必须临时做决定的当口，但他很镇定，等待着连我自己也不知道的回答。

“是的，我想写一本有关徒步的书。”我说道。

“这个想法很好。”他说。

“是个好想法，”我说，“所以我才卡住，每次有好点子我都写不了东西。好的点子总是和最糟糕的事情有关，会让我觉得恶心。好的点子很少能变成一本好的书。”

“所以说，坏点子就能写成好书了咯？”伊丽莎白问道。她是希德古恩的妹妹，虽然实际上五官长得不像姐姐，但每个人都说她长得像希德古恩。就算她和我们看着同一样东西，我们也很难领会她表情中的深意。

1 贡纳尔·埃凯洛夫（Gunnar Ekelöf，1907—1968），瑞典诗人、随笔作家、翻译家，二十世纪北欧文学史上最伟大的诗人之一。

2 乌洛夫·拉格克朗兹（Olof Lagerkrantz，1911—2002），瑞典作家、评论家，出版人。

那就是诗人的表情。希德古恩的表情。伊丽莎白的眼睛长得像她的姐姐，嘴巴有点像，脸也有点像，但相似中却透露出更多的不同。

“好书和点子好坏无关，”希德古恩说，“写作就是要去反对你自己的主意，如果我知道我想写什么，怎么写，我就不会烦恼。写作的过程一定要打开思路，乐于接受，重要的是打破书的结构，还原诗的本意，真正的诗歌比你所想的要深远。”

“散文也是这样吗？”

“所有的文学都应该是这样，”希德古恩说道，“有个作家叫托尔斯泰，有一回他想创作关于一名道德败坏的妇女的故事，他本打算在书中谴责她，用文字告诉世人，如果一个女人不忠，她和她的家庭将面临何等悲惨的命运，但他最终所写和他原本的构思没有分毫关系。写作的过程朝着违背托尔斯泰意愿的方向发展，这本小说最终讲述了一个叫安娜·卡列尼娜的女性勇敢追求爱情的悲剧故事。这就是文学，写作的道路往往通向我们始料未及的地方，文学就是一头美丽的野兽，就像玛丽·雪莱笔下的《弗兰肯斯坦》，文学会成为我们事先意想不到的东西。”

去山里

托尔和希德古恩想开车载我一段，这段专用道很陡，他们想带我上去。木达尔的大半山景已经被水电站给毁了，我坐在后座上，半合着眼，我见过这幅景象，挪威已经不是过去的挪威了，这些小地方都有了当地的工业，开展各色各样的发电项目，它们的存在为我们无尽的财富奠定基础，也给了我追求自由的理由。车开得不快，托尔挂着抵挡，仿佛是想让我多看几眼这片受亵渎的景色，美景被亵渎对我来说没什么，因为我就要离开这儿了。我之后要上山里去，只要够高，无论什么东西都会显得很小，登得越高，望下去就越小，到最后被吞噬在无穷无尽的山隘中，那儿是我要步行去的地方。挪威有足够多的山和足够多的野生地区。走了将近一小时的山路，发现这儿似乎没人来过，只有夏季度假农场和标着路牌的小道，这条小道通往瓦达达斯布，那儿有登山旅游协会的自助棚屋。当你在山里待久了，看见人类的痕迹会特别高兴，一座木桥、一栋石墙，或是一座小农庄都可以。

山里的小农场虽然已经废弃，但人和动物的声音会传到徒步者的耳朵里，画面会映入眼睛，这让他情不自禁地摘下帽子，大声地打个招呼。

下雨了。我在外套和背包外披了件雨衣，头上戴了一顶棕色的布帽，我对于在山间独自行走时的形象很是满意。穿过一片片山中农田和一栋栋空关的小木屋，我想起希德古恩·达尔在《梦之河》里写道：

只有遗迹还残留着
几串名字；双眼渴望
一切轻轻摇动的事物

孤独。几串名字。当你沿着脚下的小径走了很长、很远的一段距离后，只剩下一两个朋友和几串名字陪伴着你，这样就够了。在山里，如果还有别的东西，反而说明我们迷路了。思想会随着行走而发生改变。山川越广袤无边，你的思维会随之变得越简洁明了。在山间行走时，你能有更好的思维。当思维进入更深的层次，不易受控时，你的想法会变得更冒险。在山里的时候，我觉得要是身边超过两个朋友就不对劲，总显得有些不得体。那我现在有几个朋友呢？我曾经有很多朋友，但现在我只有两个。两个好朋友。够了。足够了。或许只有一个。只有一个朋友。这才是真相吧。但即便那样我也满足了。好朋友几乎就像一位情人。在山里，你的警惕性会放松，思维则会和高山同化，我一边思索一边走进雪地里，沿着雪坡的边缘走。斜坡的坡度很高，往下走就是冰斗湖。如果我从坡道的边缘滑进这其中的一处裂缝，即使摔得失去意识，我一点也不在意。我缓缓穿过雪地，在雪地上留下一个个沉重的脚印，穿过山谷，是一条河，这条河的水位更高，水流更湍急。我懒得去找渡口，直接蹚了过去，水位在腰线附近。我能感觉到冰凉的河水和水流的力度，或许这就是我的终点。但我并不焦虑，至少现在还挺得过去。我沿着山谷一路往上走，靠着小河的右侧，若无其事地走着。我一边沉思，一边走，把沿着小道走这茬给忽略了，难道我不应该很快就到达那栋棚屋吗？至少地图上是这么标记的，从小河旁上山，走几英里，到了山谷顶端，山脚下就是棚屋。这会儿山里起雾了。一切都变得迷迷蒙蒙的，像灌了牛奶一般，透不进光。我笔直朝前走。现在我准备去哪儿呢？就在这时，我感觉到了一丝惧意。惧意降临的时刻，像在寒冷的天气中得了一场中风。我停下脚步，在这片空茫的白色中，我没法移动。这里雾雪交加，寒气逼人。我一停下脚步，身体就觉得冷，衣服都湿了。这套傻瓜西装。背包的分量还在，还好有我背上的小矮人陪着我。看来我们被困在这儿了，我自言自语道。周围鸦雀无声。只有我一个人吗？可我总感觉某个东西藏在附近，可能是一只鸟、一只野兔，也可能是我背上的矮人，反正有什么东西，或是人，是不是？我抬起头，恍然发现自己居然能看到云彩，云层中裂开一道缝，我能看见一条条蓝色的带子，阳光从裂缝中照射进来。太阳拨开云层，天空开始慢慢放晴。我站在原地等候。雾气终于升入高空飘散而去。它被抓走了，赶跑了。是谁把它赶跑的，是风吗，还是别的什么声音？但我却什么都听不见。就在雾气越来越稀薄的时候，我看见了棚屋。它就矗立在我正前方，不到十码的距离。棚屋的外墙是灰色的，看上去像栋不太结实的公寓。突然，仿佛有人把剧院内的场景调转了一百八十度，一片崭新的布景呈现在我的面前。刚开始的几秒钟，我总觉得它不真实，既古怪又荒诞，但渐渐地，我发现害怕的感觉已经随着雾气蒸发，阳光拂面，暖意弥漫在我四周，令我不自觉地欢欣鼓舞起来。我放下身上的背包，好好拥抱了一下它，距离棚屋的最后十步路，我走得很平静，我边走边紧紧地抱着这个矮人，紧到我再也不想松开手。

山中的夜晚

走进屋子的感觉太好了，我走进门，双脚踩在地板上，站在客厅的门边，朝里看了看壁炉和桌子，又瞅了瞅窗户和门。接着我踏进客厅，找到卧室的门，里头有张床，这就是我今晚要睡觉的地方了。

这栋棚屋带给我快乐，这和拥有一栋房子带来的满足感不同，棚屋于我是更深层次的喜悦。我正需要一个休息的地方，而棚屋既温暖又明亮。在这里，我可以舒服自在地享用美食，还可以待在屋子里，趴在窗边看看屋外的风景。房子的乐趣来自室内。待在室外的乐趣只有找到房子以后才会有，至于房子，并不一定要是自己的。

我走进客厅，脱下外衣，把湿透的衣服挂在壁炉上。随后，我取了点木头，用上等的桦树干木条生火。热气像毯子似的席卷了整个房间。我从背包里取出干衣服、酒盒、一包烟还有几本笔记本。和往常一样，我坐在床边进餐。和往常一样，我点起了烟。我在笔记本上记录道：我可以在任何地方写作，只需要一张桌子和一把椅子即可。我唯一要求的就是待在室内。

“把这儿当家就行了。”我大吃一惊，这一定是矮人在说话，他在模仿一个我很熟悉的声音，我姐姐的声音。她正要跨出房门，离家远行。她会在外待上数月。我现在借住的便是她的公寓，入住后我立马把家具重新调整了一下，餐桌挪到窗前，最高级的凳子搬到我用的书桌旁，工作室立马诞生。过些年，当这栋公寓变成我的财产后，再也不会有当初在这儿做客两个月时所感受的喜悦了，一天都不会。到时候这栋公寓就成了普普通通的一栋房子，一切都变成理所当然。

调整家具摆设的目的只有一个：写作。

但我最终在那栋公寓里什么都没写成。那是我住过的最好的居所，可爱温馨，宽敞明亮，还有各种书。到处都是书，地板上，墙上，床上，书桌上，一摞摞一排排地放着。我有过阅读和写作的念头。这里一个人住确实是个温馨的地方。露台的玻璃门边上有张很大的写字桌，房间里有许多盏灯，还有舒适的椅子、沙发和靠垫，所有家具都是木质的。整个房间流露出一种静止的美。每一天，当我坐在写字桌前盯着房间看时，我便沉醉在这片美景中，它们是我费了好大功夫才搭建起来的，最终组成一个完美的房间。也是一间完美的工作室。可我在那儿一事无成。

我所有的书都是借住在朋友公寓或别墅时所写的。不是借的就是租的，大部分都只待一段时间，我从来没有在一个地方久住过，至于原因我自己也没搞得非常明白。“我没法安定下来。”里尔克[1]写道。

很多次，我都想安定下来，但就是从来没成功过。每当我决心定居

1 赖内·马利亚·里尔克（Rainer Maria Rilke，1875—1926），奥地利诗人，出生于布拉格，著有多部诗集和日记体长篇小说《马尔特手记》。

下来时，总会发生一些意外，逼我离开。就像克劳斯·霍艾克[1]，我梦想写一本有关地址的书，把我所居住过的所有地址都写进去，我要写街道、公寓、小镇、房间、别墅，以及所有在大家眼里不可能称为房子的地方。

我坐在床边做着笔记。漆黑的夜空和半透明的月光将我的窗台照亮。雪在飘，小溪在夜光中闪烁。外面好冷。天空中有星光点缀。室内很温暖，房间里的影子随着壁炉的火光不安分地摇曳着，四处探头探脑，火光似乎要将所有静止不动的东西赋予生命。所有东西，甚至原本是静止的东西都在移动，有时候在房间里，有时候在门外。我坐在这儿，没有分毫心神不宁。棚屋里有个收音机，是装电池用的，过了午夜会放一些古典音乐，约翰·塞巴斯蒂安·巴赫的《此生足矣》。巴赫的音乐经常让我掩面哭泣，心生感激，至于感激谁我不知道。我待在屋子里，沉浸在巴赫的音乐中，这儿已经不只是一栋房子而已了，它并不只是泥砖砌成的房屋。你能在音乐的世界中得到安宁，在音乐的空间里，我们不用顾及起点和终点，随意的构造让音乐和我们无尽的内心遥相呼应。虽然我们一无所有，但我已拥有一切。此生足矣。

此生足矣

沉睡着，她疲倦的眼睛。

巴赫的这首曲子，还有那些巴赫的康塔塔，让我变得清醒，没了睡

1 克劳斯·霍艾克（Klaus Høeck，1938— ），丹麦诗人。

意。我喜欢在夜里坐着，感受山林的孤独，方式有些奇特，同我们在城市里感受孤独是两种模样。当这种感觉势不可挡时，我们竟意外发现自己事实上一点也不孤单。在某个地方，总有人与我们联系在一起，我们会想着他们，他们也在念着我们。他现在在哪儿，离开的这段日子他吃得好不好？他昨天在这儿的时候我们不会想他，可他今天出远门后，在之后的这段时间里，他走得越远，离我们心头的距离却越近，至少在一个礼拜或一个月内如此。他一出门旅行，我们就会把他放在心上。但要是他再也不会来了，我们也自然会慢慢遗忘他。他的消失没有我们想的那么复杂。他去哪里了呢？他去了摩洛哥，两个月来，待在那儿写点东西。他可以安安静静地集中精力投入工作。我想他。他便寄来一封信："被人想念的感觉真棒。我打算在二月回来。这里的天气炎热干燥，来这儿以后就没下过雨。现在是斋月，日出前吃第一顿，日落后吃第二顿。其他时间只能坐在广场的餐桌前等候，我们又饿又累，在长凳上干坐着，脾气一点就着。坐我旁边的男人嘴里始终叼着一根烟，一听到光塔里祷告的声音，他就立马点烟。这些祈祷的人们心中满载幸福，如浪潮般从我们身边涌过。我很适应这里的生活，严格朴素，就像在家里一样。"摩洛哥？我不懂。他出门已经三个多月了，据他说住在一栋靠海的小型民宿里，他的房间在阁楼。曾经有个葡萄牙人在那座小镇上造了防御工事。他在那儿分明什么也不做，既不写字，也不读书，只会在镇上四处溜达，街道上形形色色的面孔和声音将他吞噬。"饿着真好。"他写道。"吃饭真好，"他写道，"露天睡觉真好，背包里不需要装下更多的随身物品。"他很幸福。那他孤单吗？到了傍晚，他倚在房间的躺椅上，阳光洒下的干燥和海面吹来的湿气在屋里汇合。他一边抽烟，一边同一位会说英语的摩洛哥男孩交谈着。他在信里写，这个男孩很英俊。“他的身上飘散着雪松烧过的味道，还有火炉、泥地、地毯、靠垫、薄荷茶杂糅在一起的味道。讨论休息，讨论说谎，讨论做梦，讨论遗忘时间，遗忘生活中紧张悲惨的时间。”他写道。“我会在七月，在夏天的时候回来。”他写道。但我完全不担心他什么时候回来，因为我已经找到了一个伴儿。

入夜了，山中的夜晚。当天色渐黑，视野不再清晰时，有时你会突然瞥见一张脸，朦朦胧胧地出现在窗外，这个人似乎没有身体、没有脚，也没有手，只有一张脸，绽放刹那的光芒，稍纵即逝。

壁炉的火灭了。我关上灯，关掉收音机，走进卧室，把窗户往上打开，刺骨的冷空气从外面飘进来。这是夜晚的空气。黑暗。安静。孤单。我钻进睡袋，抱着皱成一小团的矮人。它睡着了，看上去就像个孩子。我合上眼，蜷缩在睡袋的包裹下，脑中一片空白，没有思考，也没有任何画面，就这么睡着了。

太阳的晨号

太阳吹响了晨号，阳光像鼓声般捅进窗户，仿佛听见有人在吹奏号角：起床啦！我躺在床上，点了根烟，从口袋里掏出卢梭的书，翻了几页。早晨躺在床上读书，真是一种纯粹的快乐。没有任何压力，我可以躺在棚屋里，在室内待上一整天，看书、做点笔记，或是再忙点别的事情。来杯美味的咖啡，吃完早饭继续躺回床上。明媚的阳光和蓝色的晴空，像是吹奏着嘹亮的号角，像是在说：出门漫步！穿上我的靴子，换上已经烤干的衣服，把三明治准备完毕，拉上背包跨出大门，我和小屋道别，即将开始新的旅程。接下去的三天时光，我都在山里度过，有两晚我住在诺达尔西滕和索尔列宁根的徒步者棚屋。索尔列宁根有一条通往乌特维克和颂恩峡湾的小道。穿越沼泽和草坪时，苍蝇和蚊子追着我跑。鸟儿在天空翱翔，松鸡扇着翅膀扑腾，我的心也随之震动，双脚踩起节拍，行走在路上。我现在已经摸索出了行走的节拍。行走、休息、吃饭、思考、观察。我在小溪那儿喝了点水，随后再次踏上雪地，我的双脚似乎能自觉地行走起来，以匀速跨过平原，而且还能毫不费力地擦除大地的痕迹，在路上留下一条水平线。就像喝醉酒的感觉，或许这也是一种醉意，一种身体战胜了攀登和努力后成功所带来的欣喜，应有的焦虑苦涩和皮肤起水泡的痛苦都没有，肌肉不觉僵硬，背包也不觉沉重，在我停下脚步休息前，这些感觉通通没有。随后我继续向前走。这是一个转折点，说明我的步行已经到达突破困顿的境界。我没有停下来的欲望，唯一的念头就是继续走下去，走下去，走下去，无所谓去哪里，也无所谓原因和方向。步行的欲望已经渗进了我的血液，我感到一阵狂喜，这是自由所带来的喜悦，去我想去的地方，走多远都可以，或许我会走到很远的地方，再难回到平常的自己，回不到过去，也回不到我现在的工作和家呢？我正在朝着新鲜的未知事物走去。当你积累了长途旅行经验后，你会渐渐发现，在你脚下，每次即将展开的旅行都比以往走得更远。为什么要在旅途中停下脚步，为什么不继续走？走去什么地方？去哪里？走到谁的面前？这些问题我不会回答，只管向前走便是。

我朝着乌特维克的路走。那儿有个小村庄，沿着这条路走就到了。颂恩峡湾的魅力让人难以抵挡。小小的房子和壮观的峡湾。房子簇拥在码头的周围，码头附近有座教堂，这让我想起易卜生笔下的疯狂牧师。他的家乡就在此处。而他就居住在山岭的影子底下，峡湾上飘来凛冽的寒风。他就在这儿把自己的孩子献给了坚如磐石的神坛。《圣经·旧约》说：信仰是要付出代价的，你若相信就要用祭品来交换。布兰德的神也是亚伯拉罕的神，是雅各布的神，是摩斯的神，是耶稣的神。既然他为了神明牺牲了自己的儿子，那他命令其他的父亲效仿他的做法也就不足为奇了。下坡的路很陡，一直通往乌特维克。天色开始渐渐变暗，月亮慢慢露出脸来，夜晚正在靠近。我听说过，也读过安德士·约夫勒博的故事。他是一位住在乌特维克的山林好汉，他的家对所有来到这个地方的徒步者开放。我希望他还活着，这样我就能找到他。我向路上遇到的第一个人打听了他的情况，这人身边跟着一条狗，他指着教堂后的小农场，那儿有栋房子。我问他现在几点了，他说刚过九点。安德士·约夫勒博还活着，我找到了他的房子。我敲了门，过了好一会儿他才来应答。虽然年纪大了，但是他的长相依旧年轻，甚至有点孩子气。尽管岁月未在他的脸上留下深刻的变化，但他的身体有了衰老的痕迹。他走路很慢，还需要拄拐杖。“我每天晚上十点上床睡觉，每晚十点钟。你能在十点前赶到这里真是件好事。”他说完，便带我看了房子，随后我们一起走到厨房里，那是一间蓝色的房间，里面开着收音机，他从一个茶杯里摸出一把钥匙，看着我，仿佛才发现我浑身不对劲，“你就穿着这些衣服翻山越岭吗？”他问道。他这是在怀疑我吗，还是说起了警惕心？看来没有，他把钥匙递给我，陪我穿过农场的院子：“啊，你看上去就像我们五六十年前的模样，戴帽子，穿西装，我想起了以前的日子。”我们走进农场上的小农舍，客厅里放着木头烤炉，架着三张硬板床，上面铺着羊毛毯和枕头，窗边摆了一张小桌子。“我十点睡觉，”他说道，“但我明天一大早会来找你聊天，八点过来。”说完他便离开了房间，他的脚步声和蹒跚的步伐是他多年来孤独的见证。我只是他孤独的一生中一个小小的存在，一名过客，一个令人几乎察觉不到的访客。隔壁的房间有一张单人床，里面有个小一点的火炉，我把炉子点上，褪下衣服，钻进床里。我从兜里掏出卢梭的书，读了几页。没什么比睡前躺在床上看书更惬意的了。

和安德士·约夫勒博待在乌特维克

七点半的时候有人敲门，早饭在厨房里吃，八点开始。安德士·约夫勒博坐在早餐桌旁，开着收音机，似乎在留心着随时会从收音机里跑出来的新事物。他问我，山里是什么样子，尤其在乎细节，甚至连下了多少雪也想知道，他还问我在山上有没有见到许多鸟，或是遇见过其他的徒步者。没有。山里没人。在山里独自行走是最好的，他说道，你走了多远的路？我从卑尔根的市中心出发，我回答道。接下去打算走多远呢？我不是很确定，打算先穿过峡湾，算是第一步，然后去摩伦拜访伊瓦·约夫道尔。那个诗人？没错。你也是诗人？不是，我是个作家。写了很多书？我写了八本书，我一边说一边琢磨着怎么把话题转移到别的地方去。你在山里住了很久？我问道。他耸了耸肩。我记不得了，他说道。我坐在餐桌旁，心想他这个回答算不算是一种自负的表现，看上去总有点自命不凡的样子，这让我想起了斯维亚托斯拉夫·里赫特，他的头很大，长着一张阴柔的女性面孔，脖子很糙，喉咙挺粗，但手臂很长，手很漂亮，他喜欢把手放在鼻子和嘴巴前，姿势奇怪极了。我看过一部讲里赫特周游敖德萨的电影，他走路的样子很吸引我，我想我应该从来没见过有谁走路走得如此优雅。安德士·约夫勒博坐在位子上，但是他的手和脚却在动，看上去好像一边说话，一边却渐行渐远，有时他的动作会突然加速，聊得倒是不多。他一边聊，一边移动，仿佛离我越来越遥远，慢慢地消失在山脊背后。过了几分钟，他又重新在餐桌旁出现。我们刚刚聊了些什么，他问。聊了山，我答道。哦是的，我非常尊敬诗人，他说。在那一瞬间，我发现我们两个其实很相似，我说的是他和我，就从我们俩都不太愿意聊我们最熟悉的领域这一点来说。我们一边坐着，一边打量着对方，他看了看我的鞋子，端详了一下我的裤子和夹克的布料，像在搜寻自己的影子，或许他也在思考一个问题：这会不会是我六十年前的打扮，举手投足的味道也一模一样。好吧，你该出发了，他说。他说话的口气像是在给自己做决定。虽然他不出门，却仿佛一直在行进的路上。十点钟有班船，他说道。

我沿着码头走，找到了一家商店，给伊瓦和自己买了点啤酒，拿了包烟，还有一份报纸，不过报纸不是给我读的。船很小，靠岸以后，我发现上面既没有乘客也没有车，而我竟成了唯一的乘客。上船后，我买了一张去摩伦的船票。距离上一次去摩伦已经三年了，上回我在摩伦的狂欢节上念了首诗。伊瓦不知道我要去他那儿，说不定他不在家，这样的话我就只能翻山去瓦德海姆，然后从那儿沿着老的邮政路线去桑德，再从那里选一条去苏格纳家庭木屋的路，那儿离比格斯塔德的奥森农场大概有两到三英里的路。我登上船，站在甲板上，思考着里赫特弹奏的巴赫平均律键盘曲集，里面有前奏曲和赋格曲，里赫特的手一边吟唱一边行走，走在一条我不认识的路上。

我要歌唱人类和靴子！

“我要歌唱人类和靴子！因为没有靴子没法流浪。流浪者最常见的步行问题就是鞋底太薄……我有两位朋友去年春天从巴伐利亚出发，准备徒步到威尼斯，他们把行李先寄了过去，肩上背着旅行用的背包。但是他们没穿上对的靴子，所以只好在山区的小旅店里逗留，一口气把啤酒瓶里的麦酒喝了个底朝天，好不去想脚指头的事儿。他们现在还困在那些山里头呢。”

斯蒂芬·格拉汉姆[1]在《流浪的优雅艺术》一书中如是写道。他在这段妙语的结尾处感叹道：“你们应该穿一双皮质的靴子，挑个鞋底结实的靴子。”路面浇了沥青，铺了碎石，走起来脚不免有点吃痛，这路真要命，走得我筋疲力竭。这种沥青碎石路面是所有路面中最不好走的了，比岩石、山路都要难走，又坚硬又死板，混凝土式的沥青路面仿佛捶打着我的脊背，一直曼延至我的肩部和颈部，连头部也有感觉，脑子里都是黑色的沥青，挥之不去。在这种碎石路面上走了五个小时之后，我脑子里除了沥青什么都想不到，唯一的念头就是什么时候可以走完这样的路。我沿着边界线走。从比约尔维克到萨格维克、海尔斯尼斯、侯姆里德、斯特兰德尼斯，我沿着达尔斯峡湾越走越远。河水也变得越来越咸，我能在水边看见海带，突然有种想下水洗澡的冲动。我跳进水里游了起来。水面倒映着云彩和一座座像拉克朗德海斯滕和弗洛伊恩的山。当我看见拉克朗德瀑布时，我渴望身边有位爱人。其实我原本有爱人，但我却不幸刚刚离开她。迄今已经走了约两个礼拜的路。从卑尔根一路走到摩伦的伊瓦家，我在他家住了三个夜晚，之后在苏格纳的小屋里住了两晚，今天我起了个大早，准备向比格斯塔德出发。我在比格斯塔德买了点东西，三双新袜子、一包创口贴，还有几罐啤酒和香烟。结实的鞋底对沥青的碎石路面来说没什么帮助。我的脚很疼，还磨出了几个水泡。我蹬掉靴子，甩掉衣服，跳进峡湾里游泳。我尝得出这是冰河融化后的水，有点咸咸的，是西部峡湾的味道。因为河水、小溪和瀑布融化以后，和海水混在了一起。味道象征着海洋，看来我现在是在走去海洋的路上。我躺在草坪上休息了一会儿，让太阳把身上的水分烤干，然后便睡着了。我醒来时一定已经到了下午，吃了点面包和香肠，喝了点啤酒，算是解决了一顿简餐，但我觉得挺满意。我朝着达尔的方向继续走，多希望接下来的路能有森林和草坪，脚下踩着的是泥塘和土壤。我穿过四条隧道，每当有汽车嗖嗖地从身边经过，我只能紧贴在湿冷的岩壁上。我想念大山和森林，不过朝人类定居的地方行进也有种别样的乐趣。经过服务站，面前的房子终于不再是平房了，屋子还带有花园。经过商店和橱窗的时

1 斯蒂芬·格拉汉姆（Stephen Graham，1884—1975），英国记者、作家，尤其擅长游记写作。

候，我灵机一动，看来这个地方能让我找到吃的东西和睡的地方。

我找到了老牧师的房子，就在教堂后面，那里是雅各布·桑德长大的地方，现在这些房间都是依着他的诗取的名。我被分配到了一间叫做“沉睡的女人”的房间。房里有两张床，还有床头电话机和台灯，窗边挂着针织的窗帘，可以望见一大片平原。这是个好房间。我洗了把澡，刮了胡子，换上一件干净的白色新衬衣。整理完毕，我走进一家小酒馆。那是一栋两层楼高的木质小屋，就在码头边上。我选了一张靠窗的桌子，点了瓶红酒。饭菜还挺好吃的，配了土豆。吃完饭我喝了杯咖啡，抽起了烟。我的桌边围了半圈人，确切地说是女人。她们打算去地中海旅游，不停讨论有关地中海的事儿，对那儿的海滩、阳光和热度津津乐道。她们的穿着仿佛已经到了地中海，全身半裸，在沙滩上狂奔。在最隐秘的角落处，那儿半黑不黑，共坐着三个男人。他们是三名音乐家，听他们说话应该是从芙丝来的，家乡在颂恩峡湾。他们现在是要去豪格朗德，听现场演奏会。我介绍了一下自己。“没错，我们之前开车经过的时候看见你在路上走。”皮尔·英德胡斯说。“你让我想起了过去，现在没有人会再选择徒步旅行了。”他说。“甚至连流浪汉、吉卜赛人和无业游民都不走了，全都消失了，也不知究竟遭遇了些什么。谷仓里的干草堆不见了，无家可归的难民也有了避难所，和建筑工一样。马路浇了沥青，铺了碎石，汽车的发明摧毁了慢节奏的生活，现代化让挪威彻底甩掉了流浪者。”英德胡斯说。“我还记得罗腾尼根，”英德胡斯说，“还有亨利克·拉森。过去的音乐家爱走路。汉斯·亚历山大·汉森也是这样，他是普罗伊森的朋友，普罗伊森是个流浪者和无业游民。”“雅各布·桑德年轻的时候是一个流浪汉兼水手，但是他一直待在奥斯陆，没出过远门，”英德胡斯说，“他在首都遭遇了沉船，事故地点在迷人的西端海岸。他给陌生的人群身先示范，纵身一跃，沉入大海。”“夏天的时候，他曾在库伯谢尔上岸，流连在酒吧里，变得酗酒成性，麻醉在酒精中不可自拔，然后站在自己的房门外唱歌，”英德胡斯说，“他一边嚎啕大哭，一边高声歌唱，从这儿到蓝丁，所有人都能听见他的歌声。”“他的歌声也传到了埃斯佩达尔的耳朵里。”我说道。灯光忽闪忽灭。“他们在闪灯吗？”歌手问。“我想应该不是，难道是打烊的时间到了？是时候上床睡觉了。”英德胡斯说。我们没有睡，只是拿了几罐啤酒坐在牧师之家的院子里继续聊天。“过去有个人叫亚斯蒙德·奥拉夫松·维尼耶，”英德胡斯说，“他是一名游子，也是诗人，曾梦想离开首都。他的思想总是先于其他人。”

所以我要去山里，
我想变成个土包子，
找到我认识的人，
忘记我自己。

“嗯，这是《航行纪念》，”歌手说，“这是文学史上最伤感的一本书，结尾不太让人满意，有点乏味。维尼耶写道：

‘啊，这片土地，这些山川峡谷，’有个人对我说道，‘啊，这片土地是天使的完美家园。’”

“如果是这样，”我反驳道，“天使绝对吃不饱。”

“嗯！”他回应道，“……好吧，我们的麦子确实没有丹麦的多，不过……”

“不过，”我立马插入，“我们这儿有的是吃小麦的人。”

一点儿没错！歌手一边说一边举起啤酒罐，“维尼耶其实应该这么写：

‘但我们这儿有的是喝小麦的人。’”

在理发店里

我盖着厚厚的白色羽绒被独自醒来，枕头特别舒服，能让我一早就醒来。我躺在床上，等待起床的时机。等阳光照到床脚时起床，或者过一会儿，等光线照到脸上再慢慢移开时起床。反正我就爱拖拖拉拉。直到我猛地下了床，才感觉到宿醉的后遗症。不仅脖子酸痛，还有种被人拽着头发的感觉，太阳穴也隐隐作痛。我没法负隅顽抗，只好先冲把澡。我现在想要的就是一顿美味的早餐和一杯咖啡，然后重新上路，把夜晚和酒精的痕迹甩掉。达尔的市中心有家卖咖啡的面包店，那里有自制的面包，新鲜冲泡的咖啡，我在窗边的桌子旁坐下，拿了份报纸。我可以透过窗户看见公交车站和银行，看到经过面包店的人们。我瞥见其中一张脸孔，我看了看她的手，还有她走路的样子，她的发丝飘在脸前，朝带院子的白教堂走去。阳光下有个影子特别显眼，方方正正的。原来是两个女孩儿，她们在阳光下打球。一种熟悉又难以名状的恐惧爬上心头，太阳和球，还有那不安分的影子，想到这我匆忙起床，走出门外。

购物中心里有一家发廊，店里的布置很大众化，放着一排镜子和椅子，还有一排水池，架子上放着剪刀和梳子。光线柔和，店里的味道也很舒服，闻上去挺干净的，咔嚓咔嚓的剪刀声不绝于耳。理发师的嗓音轻柔和缓，让人觉得放松，我坐下来排队，拿了份报纸偷偷观察着店里的情况。发廊里共有三名女孩儿工作，我等的那位应该是最漂亮的，这是我的风格。

开始理发了。闭上眼睛。再睁开时，你就变了样。一种更热情、更干净、更成熟的感觉。

一种脱胎换骨的感觉。你还是你，但是样子不同了。很显然，你变老了。短发更凸显了你的五官，大大的鼻子变得更加明显。发型突出了你的双眸，像两朵对光线敏感的花朵，鸢尾或是百合，长在你脸上。你那叶子一般的柔软双唇在打斗后受了伤，留了疤，过去的你被镜子慢慢唤醒。我年轻的时候，长着一张普普通通的脸，不论什么角色都能驾驭。所以不管是做什么样的人，我都没问题，反正我也没有一张惊世骇俗的面孔。但如果我和别人打架搏击，脸上挂了彩，那么这张脸就会有局限性。我的脸开始变尖，表情比平时严肃、坚决。脸的潜力毁了，我宁愿它只是一张淳朴的脸，可以随时变换，不是一成不变，也不会沉睡，甚至有时候可以让别人认不出来。

我一直都不太喜欢让人给我理发，即便如此，我还是经常找人剪头发，理发简直成了一种强迫行为。这就同你千方百计要摆脱一个永远追随着你的人一样。但是理发的频率越高，你和自己的相似度也变得越高。如此一来，我就只好留头发，蓄胡子，再试戴一副眼镜。我换上新衣服，夹克显得有点太肥了，裤子上有一道折痕，不如再给自己增个几磅体重，吃得胖一些，调整走路的步伐，变得缓慢笨重一些，不要摆手。有天你买了顶帽子，一戴上就再也脱不下来，好像成了脑袋的一部分，粘在头发上。终于等到剪头发的时候了，你走进了一家理发店，这家店在伊斯坦布尔的一条小街上，看上去有点脏兮兮的，门面也不大气，进来的客人一看就没几个钱。脸上光秃秃的，脑袋也光不溜湫，你就这样把头发给剃了。

如果你打算去豪格朗德，她说，一定要走森林里的那条路。沿着达斯峡湾走出去，到最近的农场后，穿过院子沿老路，一直走到森林小径的汇合点，那里有路标和地标，你穿过森林往上走，沿着边境线可以走出去，最后就会看见豪格朗德的市中心，那儿有水。那地方还挺漂亮的。

挺漂亮的。她这话是什么意思？

我沿着峡湾的边缘再次上路，顶着新剃的发型，精神饱满地出发了。我在背包里放了一块三明治和一瓶水。她长得非常漂亮，我把心思透露给了矮人兄弟。我拿了她的名片，上面有她的名字，她把开门时间和电话号码告诉了我，她为什么要这么做？我不可能再到那儿去剪头发。

四周没有动静。只能听到脚步声，那是我自己的声音。我已经独处了太久。

我打算明天给她打电话，哎呀，明天是星期六，何不打个电话试试？我也没什么必要端着，不管她是不是拒绝我，对我来说都没区别。如果她拒绝我就最好不过了。最可能出现的情况是她拒绝我，我自言自语道，她当然会拒绝我了。我一边思考一边拿起水。我走过最后一片农场，经过花园和果树，穿过大门和牧场，来到另一扇大门后，路过一片杨树和桦树林。我往上走，斜坡上有阴凉的树荫，大地像一张柔软的毯子，走起来很舒服。我漫步在树叶交织的屋顶下。

路程不算长。我在山顶上吃了饭，靠在石头上休息片刻。天气很暖和，让人忍不住想和自然拥抱，我把脖子伸到石头的裂缝里，举起手，用中指往潮湿的青苔上戳了戳，闭上眼睛，我在心里对自己说：你独处得太久了。

法温的夜晚

今天是星期六，我给发廊打了电话。问杨妮在不在。

你给我剪过头发，昨天剪的。我现在按照你说的路线，朝豪格朗德走，我说。

我滔滔不绝地说了一大堆，不停地蹦着词，好像要用词海淹没她。我可以听出她的质疑，似有似无，不确定的语气，然后渐渐变得坚决起来，她拒绝了我。“我们可以一起游泳。”我说。“我们可以游泳，然后吃点东西，散散步。一起聊聊天。别拒绝我。答应我。”我说。杨妮停顿了很久，然后说她需要再好好想一想。过半个小时再打给她。过了二十分钟，我打了回去。“你怎么说？”我问。她总是顾左右而言他，听不见具体说什么。她一直犹豫，说了很多如果，她说……

“当然了。”我承诺道。我一边说着，一边许下一个我不可能遵守的承诺。

杨妮。她是自己开车来的，一辆银灰色的丰田卡罗拉，穿着一条牛仔裤和一件白色女士衬衫，蹬着一双棕色的靴子。双眼藏在太阳镜后，牛仔外套有点包得太紧了。

我跟着她一路往小木屋的方向往上走，注视着她修长的双腿和纤细的背影。她的身上背着一个小包，你把包放下来，我说。她把包放在地上，我带她转了转小木屋，里面有间小小的客厅，木质的侧板后面是一个类似厨房的地方，卧室很小，有间浴室还有个露台，仅此而已。

我们坐在露台上聊天，她总是打断自己，不停问我问题。她说：我今年二十六岁，你几岁了？她说：我晚上要上课。你是干什么工作的？

我本不应该来的，这是我性格的弱点。我就是学不会拒绝。我应该拒绝你的，对不对？我喜欢你的脸，你的头发，有时候我站在那儿剪头发，会突然觉得，是我为你创造了这副脸孔，你的脸属于我，因此我可以随意破坏，我可以故意使坏，把头发剪得粉碎，但我没有这么做，我不但成功了，而且剪得很好。到这时候我竟发现，她比理发前更漂亮了，这都是我的功劳。

你怎么看待理发师？

你是指我觉不觉得他们肤浅？是不是把生命投入在白痴一样的事业上？我们一开始会不停地剪头发，但是没过几个礼拜，头发会继续长出来，只要过一个月，发型就没了。头发就好比花园，必须要定期打理。我觉得我的职业和园艺师差不多，我的任务是把散乱的发丝去掉，把头发上的结还有刚长出来的细头发给处理掉。但是头发会一直长。像是场无休止的战争。一场和头发之间的无止境的战争。我的工作应该是世界上年代最久远的一份职业，她笑道。

我是个基督徒，从小出生在基督教的家庭中。小时候管教很严，也很好，但都没有用，我身上有一个弱点，差不多是我的致命伤，像遭了劫似的致命伤，甚至算是一种病：我学不会拒绝。

杨妮。她和我在聊天。露台上的影子慢慢拉长。她想找点东西喝。宽宽的嘴巴，深蓝色的眼睛。她喝了口水，我们没有继续聊，也没有游泳。甚至连吃饭也忘记了。我坐在杨妮身边，静静听着。起初我用耳聆听，然后是我的眼睛，很快我全身心地投入，我用双手，用我的眉眼和嘴唇，用我的舌头和我的手指认真倾听。

我听见她的呻吟声和喊叫声。

还有她的呼吸声和屏气声。

我感觉她透不过气来。一片寂静的模样，像是快要死了似的。

接着她又活了过来。

杨妮。

她喊着我的名字。

我不认识她。

她穿上衣服，盖着毯子睡着了。她的靴子从毯子底下探出脑袋。早晨到了。太阳从窗户里洒进来，窗帘里透着光，客厅里的台灯也变得很亮堂。我已经下水游过泳了。早餐做好了，咖啡也泡好了，吐司机里烤好了面包。她醒来后马上哭了，她说："你答应过我的。你答应过不碰我的。你答应过会小心的，你说我们要一起吃饭，一起聊天，一起散步。我有男朋友了。"这句话给了我巨大的打击，让我无力反抗，输得一败涂地。如果这时候有人恶意地轻轻碰我一下，摸我一下，我会立刻缴械投降。基本上任何一个人都可以，看来我一定是生病了。杨妮说："我得回去了。我开车回去，你也赶紧走吧。"仿佛这一切从来没发生过。它确实没有发生过。我们必须把整件事情从记忆里擦掉，彻底忘了它。

一个人走还是找个旅伴

我被石头叫醒，我半坐半躺在石头上，不知睡了多久，太阳也已下山，眼看已是傍晚时分。我绕了一圈，现在要返回达尔了。我想坐船从达尔穿过峡湾去艾克尼斯，然后沿着马路往前走，到阿斯克沃尔后再朝大海的方向行进。

卑尔根和特隆赫姆之间有一段老邮政道路，现在给修好了，还添置了一些指示标记，这段路途经弗雷克和达尔，途中没有任何乐趣，我甚至都记不得路线，至于地形、农场、路边的植物、树和山，以及周围的一切事物，我都没有留心，满脑子就想着杨妮。

回到达尔以后我给一个朋友打了电话。他住在菲尔德，在福瑞那儿有栋小木屋，可以给我借住，过去我们常在那儿休息、读书。他准备在艾斯克沃尔和我碰面，约定晚上在艾斯克沃尔的酒馆。船上的一个朋友让我搭了顺风车，把我带到了侯姆达尔，他建议我走老路，沿着峡湾经过维克和沃尔达尔。这段路很轻松，说完他便加速扬长而去。旅途确实轻松自在。但铺着沥青的碎石路面又让脚的老毛病严重起来，原来脚上磨了两个大水泡，每一步走起来都像刀割一样疼，走路像火烧。坐下来会好受一些，于是我躺倒在草坪上休息了一会。我抬了抬脚，可以从脚伤的地方感受到心跳，双脚不想停下，像行走的机器般，一边行走一边有节奏地跳动着。我在阴凉处休息了一阵，换了胶布和袜子，继续上路。可脚依旧在流血。过了几个小时，痛感又回来了。我像一只受伤的动物，跛着脚一跳一跳地走路，磕磕绊绊地走走停停。从某种角度来说，这些痛并非没有意义，它提醒着我，我是依靠着自己的力量在走路，而走路是要付出代价的，我在用脚偿还。朝着艾斯克沃尔的中心走时，我感激每一寸沙丘和草地，到河滩以后，我用盐水冲洗了脸颊，感受到达终点的喜悦。我到了。

招待所就在码头旁。一楼有家酒馆。里头有一排长长的木质吧台，安着两个啤酒龙头，阳光和灯光将里面照得闪闪发光。渐渐地光线开始变暗。现在要干的无非就是点些东西喝，找个靠窗的座位，观察一下进出的人群，看来男女老少皆有。我在最不起眼的墙角发现一张台球桌。喇叭里传来音乐声，我拿出笔记本，一边写东西，一边喝酒，一边等待。

威廉·哈兹里特[1]的散文《在旅途中》，从某种意义上讨论了独自旅行和寻找旅伴孰优孰劣的问题。他认为独自行走是最好的选择："我没法参透一边行走一边聊天所蕴含的智慧。"哈兹里特高度赞扬孤独和自由，他崇尚随心所欲地出门旅行，按照自己的节奏，无忧无虑地行走，将自身与周围的景色融为一体，沉浸在自己的思考中，无人打扰。"没有人比

1 威廉·哈兹里特（Hazlitt William，1778—1830），英国散文家、评论家，画家。他最著名的散文集是《席间闲谈》和《时代精神》。

我更喜欢双关语、头韵、对照、辩论和分析。但有时候我宁愿没有这些东西。”对哈兹里特来说，徒步旅行是为了追寻宁静与纯粹的感觉。他渴望感受，渴望思考，渴望重新进入自己的世界。走路是一种净化心灵的行为，远离一切别人存放在你身上的垃圾和烦扰。徒步中的人与自己为伴，这就是最好的陪伴。“世界上最惬意的事情之一就是踏上旅途，但我喜欢一个人走。在屋子里，我喜欢社交，但出了门，大自然的陪伴对我而言就足够了。那时我不比独处时更孤独。”

但是，走过长途和远路的人都知道，有时候能有个人陪伴是一件多么必需的事。我所经历过的最困难的旅途，如果没有旅伴的话，我想我应该完成不了。千万别一个人穿越土耳其。如果你这么做，反而等于没有任何防护措施，一直身处不安全的隐患中。因此独自上路反而会失去那种自由的感觉，你的时间和精力大多用来寻找能够歇息和睡觉的安全之地。你还会变得特别小心警惕，始终提心吊胆。甚至无法在固定的地方和房子里久留，因为害怕，所以你没法随意地甩甩胳膊动动腿，必须做一些确保安全的防范工作。但如果你们是两个人，那在外露宿就简单多了，白天的时候你们可以分开走，各管各，而当你们一起偶遇流浪狗或陌生人时，你的心中有一种笃定的感觉，这是你一个人走时不曾有过的感受。威廉·哈兹里特是一个罗曼蒂克的人，他步行的都是一些安全的地方，平常去得最多的就是湖区，身边常常有华兹华斯和柯尔律治为伴，但更偏爱一个人走。如果有谁想跨越边境、走个长途的话，他一定会重视旅伴的问题，尤其在他已经找到最完美的搭档的时候，就像我一样。

纳维·斯嘉和我一起去过土耳其。我们还走过希腊、罗马尼亚、意大利和德国。我们一同穿越匈牙利和保加利亚，走过山川和城市，跨过边境和国度。我们长途短途的步行都走过，也在小酒馆里坐着一起研究数不清的地图，制订徒步计划。我们曾走过威尔士，接着沿圣保罗的足迹从艾菲索斯到大马士革，穿过土耳其山脉后，从亚美尼亚走到伊朗，翻过摩洛哥的阿特拉斯山脉、比利牛斯山脉、多罗米蒂山脉、安第斯山脉和落基山脉。对纳维·斯嘉来说，山大于一切，比起下山他更喜欢登山。比起在低地行走，他更偏爱在高峰漫步。唯有当旅途具有挑战性、变得棘手时，他才会摸索出自己的节奏，打起十二分的精神上路。轻装上阵在他身上已经成了一种艺术，几本书、一件备用白色衬衫、内衣、清洗剂、手电筒和小刀，仅此而已。事实上，他几乎没什么东西可带。他的房子空空如也，除了一套音响、两盏灯和一张床，什么也没有。睡床被安置在楼梯下，这样能让他有种安全感。

流浪体

威廉·哈兹里特于1821年写了一篇有关徒步的散文。1789年冬天，17岁的他走了十公里，从韦恩河到什鲁斯伯里，去听塞缪尔·泰勒·柯尔律治做礼拜、讲道。和柯尔律治的会面在小哈兹里特身上留下了不可磨灭的印记，但经过多年的友谊，年轻时的崇拜转变为强烈的抵触。哈兹里特每次描述起他的这位朋友时，都会用讽刺的修辞说话。“他的嘴巴臃肿恶心，散发着淫欲的气息，口才很好，圆圆的下巴略显滑稽，他的鼻子是整张脸的方向舵，是他意志力的标志，很小，小得微不足道，不值一提，就像他所做的事一样。”

哈兹里特忍不住对柯尔律治的步态进行一番点评，这位诗人的步伐彰显了他变化无常的政治偏好和不切实际的性格。哈兹里特终其一生一直是一名激进革命分子，而柯尔律治致力于保持一种保守反动的生活观，伴有一些摇摆不定和打退堂鼓的情绪：“我观察到，他总是从步道的一侧转移到另一侧，和我在路上交错相遇。这让我突然意识到这分明是一种古怪的动作，但那时的我并没有将此与他易变或是不由自主改变原则的性格联系在一起，但自此以后我便开始这么想。他似乎无法坚持走一条直线。”

尽管他的行走方式十分奇特，尽管他们在政治方面意见相左，哈兹里特和柯尔律治仍然是朋友。在他的散文《我和诗人的第一次相识》中，在他与华兹华斯和柯尔律治初次见面的二十五年后，哈兹里特才看清诗人们是如何教会他思考、观察、写作和散步的。“柯尔律治告诉过我，他喜欢走在崎岖不平的路面上，喜欢冲破灌木丛散乱的树枝。华兹华斯则写道，如果可以，他会在碎石路面上直上直下地走，选择一条不会出现岔路干扰的路线。”

诗人们一边沿途跋涉一边写作，无论崎岖或平坦。威廉·哈兹里特徒步的时候，背包里会放卢梭的书，他边走边做笔记，随手写一些散文，这些远足构成了他自成一派的基础，他的文章创造了一种新的文体：流浪体。之后的几年，罗伯特·路易斯·史蒂文森[1]写了《徒步之旅》。莱斯利·斯蒂芬[2]写了《对徒步的颂扬》。约翰·巴勒斯[3]写了《路途的欣喜》。斯蒂芬·格拉汉姆写了《流浪的优雅艺术》。美洲地区的亨利·戴维·梭罗[4]写了一篇名为《步行》的散文：如果你准备好离开父亲、母

1 罗伯特·路易斯·史蒂文森（Robert Louis Stevenson，1850—1894），19世纪后半叶英国伟大的小说家。代表作品有长篇小说《金银岛》《化身博士》等。早期他到处游历，为其创作积累了素材，后期致力于小说创作。

2 莱斯利·斯蒂芬（Leslie Stephen，1832—1904），英国作家、评论家、历史学家、登山爱好者，弗吉尼亚·伍尔夫和凡妮莎·贝尔的父亲。

3 约翰·巴勒斯（John Burroughs，1837—1921），美国博物学家、散文家，美国自然文学的先驱，被誉为“美国乡村的圣人”“走向大自然的向导”“鸟类王国的代言人”。

4 亨利·戴维·梭罗（Henry David Thoreau，1817—1862），美国作家、哲学家，超验主义代表人物，也是一位废奴主义者及自然主义者，被称为自然随笔的创始者。其文简练有力，朴实自然，富有思想性，在美国19世纪散文中独树一帜。代表作《瓦尔登湖》在美国文学中被公认为最受读者欢迎的非虚构作品。

亲、兄弟、姐妹、妻儿和朋友，准备此生再不与他们相见，如果你将你的债务偿清，下定决心，处理了所有的事务，成为一名自由人，那才是准备好了行走。

1855年秋天，沃尔特·惠特曼给他的第三版《草叶集》写了书评。惠特曼以本名写道，《草叶集》是人群中一位无耻的孩童。这句话不是在仿效其他语言，也不是外来词，而是出自美国的一句俚语。

过了几个月，惠特曼受到了亨利·戴维·梭罗的拜访。为了见这位“疯子”，他从波士顿来到布鲁克林。梭罗对惠特曼的彬彬有礼和端庄衣着感到惊讶，他的模样竟有点像小公务员。梭罗发现，自从遇见他起，再读他书中的夸夸其谈和自我主义，就一点也不会犯难了。

惠特曼当时涉足过建筑行业。他乐意穿着工人的服饰，让别人在他的作品中给他画像，他把衬衫领口打开，斜戴帽子，画像中的人看上去就像一个流浪汉，或是旅行者。他一生中最长的旅行就是从布鲁克林到新奥尔良。他的朋友将他形容为一名拘泥习惯之人，他钟爱家庭，舍不得离开自己熟悉的圈子和日常的环境。然而，这是虚构的性格，是照片中的男人的性格。在我想来，他是一名无业游民，是一个流浪汉，他的《公路之歌》是所有旅行诗歌中最让人精神振奋的一首：

我怀着轻松的心情徒步踏上公路的

旅程，

我面前的世界健康，自由，

面前长长的棕色步道带领我

去往我想去的地方。

从今以后，我不问好运，我自己

就是好运。

从今以后，我不再哀诉，不再

拖延，无欲无求。

我受够了圈内的抱怨，图书馆

和满腹牢骚的批评。

行走在公路之上的我，强大而满足……

日　记

“晚餐过后（我们大约在四点半出发），我们去里代尔取信。雨水过于冰冷，地上的雪都没有化。我们在派克家停留了一阵，给威廉的鞋内垫点干草，年轻的母亲坐在明亮的柴火旁，把最小的孩子抱在膝上，其他两个则坐在烟囱旁。火光照出一幅赏心悦目的景象，他们的面孔天真烂漫，脸颊红润，发卷光洁。我们坐着谈论可怜的爱丽丝的事情，还有到豪斯的旅途，在鸽庐之北，偏东。过去传闻我们是在夜间到那儿去的。威利告诉我们，有三个人曾经在夜间走那条道路时中途迷了路，他们带着灯笼，但在经过湖滨时火灭了，三人全因失事而死亡，在他们的葬礼的前一天，威利曾在派特代尔的酒店见到他们晾着的大衣。我们拖泥带水地前行，想到不得不步行远至里代尔，情绪低落地走过难行寒冷的一段路，可是在再次到达湖岸之前，我们遇到了坚忍地背着一只小木箱、弓腰曲背的朋友。‘你们去哪里？’他说。‘去里代尔取信。’‘我有两封信给你们。’我们打开箱盖，信就在箱内。可怜的人，他迈开腿，竭尽全力往前走；但当我们拿着信回头时，不久就远远把他抛在后面了。我们应当感谢他，不用继续走下去，否则就会累得够呛。想到这一点我不禁跟他比较运气。每天早晨他慢慢地走，在干完艰难的一天工作之后在夜晚回家，不管如何疲劳，平静地忍受一切，虽然，或许在晚餐时既不觉得要感谢谁，也不觉得有什么乐趣，由于没什么奢望，躺上床就能睡着，大概既不咕哝也不苦想。”

这些是多萝西·华兹华斯于1802年2月8日星期一的早晨所写的一篇日记。这篇文章讲述了两种步行的巨大区别，一种是邮递员型，每日要背着一箱子的信不得不走，还有一种是出于自己的选择，享受散步的乐趣，欣赏周围的风景，如华兹华斯在湖区散步。据后人称，威廉·华兹华斯和他的妹妹多萝西常常徒步旅行，这些与旅途相关的文字——诗歌、散文、日记和书信——都奠定了漫步作为浪漫主义学科的基础。在那之前，散步也一直被认为是一种生活的必需品，因为工作和生活处境都要求步行，或是因为太过贫穷，没法骑马或是坐马车旅行不得不为之。步行和流浪、犯罪、穷困以及欲望联系在一起。乞丐、游人、穷人、失业的人们、音乐家们、流动小贩、无家可归的人、流浪汉等则混迹在糜烂的街道上。在他们心中，行走的生活根本不可能是完美的田园生活，也不可能是通往理解和自由的启蒙之旅。华兹华斯对此了然于心。他们理解贫穷，一直把此作为一个严肃的话题。威廉是个反动的革命分子，他的笔触中流露了对社会不公和阶级分化的愤慨，在诗歌中他表达了对流浪者和穷人的怜悯和同情。在1790年的夏天，他步行出发，和他的朋友罗伯特·琼斯一起踏上穿越欧洲的长途之旅。他们见证了法国大革命的爆发，华兹华斯对此一直深表同情。第二年夏天他认真地考虑了做一名流浪者的想法，是否要让余生在漂泊中度过。他的人生中从未摆脱躁动和贫穷，这两位朋友一直是他忠实的伴侣，即使在他过上定居的生活、成为名人之后，亦是如此。对于他的妹妹，多萝西·华兹华斯，弗吉尼亚·伍尔夫写道："从她的客厅窗口向外望去，多萝西可以看到路上走过的每一个人：一个高高大大的女乞丐，在她脊梁上也许还背着她的婴儿；一辆华贵的四轮马车，坐在里边游山玩水的贵妇人们好奇地向外窥看。那些有钱的贵人们，她都放过不管——她对他们的兴趣，也不过就像对大教堂、画馆和大城市一样。但是，如果她在门口遇见一个乞丐，她就一定要把他叫进屋里来，详详细细地打听一番：他从什么地方来？见过些什么？他有几个孩子？她对这些穷人们的生活寻根问底，好像其中也像群山似的隐藏着什么秘密。"多萝西·华兹华斯的日记是英国文学最伟大的作品之一，她对语言的研究和精准度与她对贫穷和自然的观察是同质的，她的观察力和描写力渐渐演变成一种精确到细节的风格，使她成为同时期里最伟大的倡导自然的人之一。在这个时期，英国文学由她的朋友柯尔律治、哈兹里特、德·昆西和她的哥哥威廉定义。事后证明哈兹里特对柯尔律治的分析是正确的，柯尔律治不仅步伐犹豫，他的笔触也不够直接，除了一些个人的诗歌外，他和威廉·华兹华斯、多萝西·华兹华斯其实不能被列为同等级的作家。弗吉尼亚·伍尔夫写道："他们对道路不够坚定，不知哪里能找到安身立命之处。他们唯一知道的就是前头有一处瀑布。最后柯尔律治再也忍受不了这样的命途。他患有关节风湿病，爱尔兰的旅行车没法遮风挡雨，他的旅伴却全神贯注地徜徉在自然中，鸦雀无声。他最终选择了离开。但威廉和多萝西继续徒步前行。他们看上去就像流浪之人。多萝西的脸颊同吉卜赛人一样黝黑，她的衣服褴褛破旧，她的步伐急促笨拙。但她仍然不眠不休地前行，双眸永远那么犀利敏锐，能够捕捉到一切。”

一次尝试

我在日记本里做了如下的笔记：坐在窗边的桌子旁，我可以看到外头的船舶码头，小小的船坞上停满了度假游乐的小船；漂浮的船舱里是一间间小小的客厅，里面有灯光，有电视屏幕，坐在沙发上的感觉就像回到了家。你说是在度假，但只不过是把舒服的客厅从一个地方搬到另外一个地方罢了，这根本不是真正的度假。你身后既没有留下任何足迹，也没有打算去往任何新的地方。除了细小的波浪和一点小风小雨之外，你可以无忧无虑地漂向远方，就像躺在客厅的沙发上，往你认识的地方漂去。其实，你并非在旅行，只是在睡觉而已。

奢华的轮船、汽车，面积超大的房子，都在不停滋生，财富也随之激增，栖居在里面的人却变得更加渺小，他们几乎成了隐形的存在，在自己所拥有的东西堆里慢慢消失。我们的投资与财富似乎正让自己与周围的世界渐行渐远。我们将自己凌驾于他人之上，与自然隔绝，把所有外来和陌生的事物拒之门外，我们用金钱搞定旅程，摆脱不适和困境，用金钱交换新鲜的、充满惊喜的经历。这似乎是消耗金钱的新模式，一种前所未有的愚蠢行径。

财富带给我们愚蠢的思维模式。特大号的夏日船舱和度假屋、数不胜数的豪华车辆，这些东西实在愚不可及。一个人需要多少辆车？一套公寓需要多少间房？一位资本家需要多少间厕所？一个社会可以容忍多少愚蠢的行为？赚快钱、崇尚消费主义、贪婪、渴望获取新财富，这些通通都是愚蠢的行为。

从窗边的桌旁，我可以望到对面修长的木吧台，以及吧台旁的啤酒龙头和在天花板上挂成一排的啤酒杯。一个二十多岁的女孩穿着一件黑色女式衬衫、一条黑色围裙和浅蓝色牛仔裤。客人们喜欢看着她。我也喜欢看着她。大家都喜欢看着她。而她又正好喜欢被人看。那地方挤满了老老少少，台球桌在侧面的一个房间里，玻璃杯和桌球的碰撞声像枪声一般在酒吧里回响，每具身体都在用手肘轻轻推搡对方，从墙里推到墙外，直到他们倒在门外为止。我看见酒吧外有人在抽烟。我听见人们聊天的声音。我闻见烟草的味道。烟头隐隐发着光。天色渐暗，落日留下最后一点淡蓝色的柔光。仲夏夜来临。夜半时分，在阿斯克沃尔教堂后的草坪上会有一场莎士比亚的《仲夏夜之梦》的演出。我收到了传单，是当地的演员班子，用方言诠释一个崭新的版本。门票一百克朗，允许外带食物饮料，建议携带毯子或是能铺在草坪上的其他工具。

我在等一个朋友。

我点了杯红酒，顺便坐在桌旁做点笔记。步行的意义在哪里？为什么不开车，不坐船，不乘火车，不搭飞机，不像别人一样旅游出行呢？我喜欢开车，喜欢坐在驾驶座的感觉，发动引擎呼啸而过，开着最大声的音乐，一边抽烟一边飞驰，把车窗摇下来，驰骋在高速公路上。我喜欢坐在火车里，看窗外的风景，看车轮滚过的田野，手里捧一本书，一路经过瓦克丝道尔、特兰格雷德、达尔、伊万尔、沃斯，看着初雪、初霜，还有万斯湖湖岸旁、雪地里冰石墙边的第一个吻。火车带着我驶过冬夏春。我喜欢坐飞机，喜欢飞翔在云端，睡在云端，梦在云端，我喜欢在云端入睡、醒来、吃早饭、看电视、点瓶红酒配饭、威士忌就咖啡、杜松子酒就甜品，我喜欢在云端灌醉自己，轻飘飘地翱翔在云端，感觉更自由。但我最喜欢的是坐船，船一驶入码头的终点站，我便飞驰着冲上船，到里边去找我的船舱，就像走进鱼肚子一般，躺在海底深处，倾听引擎和海洋的声音，熄灭所有灯光，在海底休息航行，慢慢下沉，进入大海的肚子里。黑夜、妈妈、出生、死亡，想起这些，我常常在船底哭泣。

是啊，能航行的话为什么要步行呢？能开车或是坐飞机的话为什么要步行？不仅节奏慢，孤独之外还要承受和面对因步行而来的压力和困难，有时那甚至是一种觉察不到的叛逆之举，似是在无声地抗议。为什么尽管步行如此艰难，但我依然坚持这个选择？因为我一直想过一种与众不同的生活，一种和我幼年时期截然相反的生活模式。自幼时起，我特别抵触被吩咐或是嘱咐去做某件事。我偏爱把事情困难化、复杂化，而非简化，这使我的负担加重，最终变成不可能完成的模样。这么做的后果是什么？我无法做一个正常人。这体现在诸多方面，譬如我从未参加过工作，从未成功组建过家庭。我没有家人，没有稳定的收入。我爱坐在出租房里听吉卜赛音乐，FANFARE CIOCARLIA乐队，Taraf de Haidouks乐团，等等。我曾在菲尔德的民俗音乐会上听过这些歌，十个吉卜赛人站在舞台上。有手风琴、钦巴龙、小提琴、笛子还有人声，节奏渐渐加快，一遍一遍循环着这句歌词："没有裙子就不是真的婚礼"。节奏快到仿佛要把我们的衣服脱掉，沉醉在音乐中，让人不禁想把外套、鞋子、裙子通通甩掉，婚姻、工作、房子也通通不要，只想走到马路上随节拍舞动！在罗马尼亚时，我又听到了这支曲子，当时一辆轰隆前行的车上放着录有这首歌的磁带。纳维和我正同两个在吉卜赛小镇上教书的女孩子坐车离开锡吉什瓦拉。小号和长号、黑管和圆号、短号和大号的声音从车里飘出，这一定是恶魔的音乐，它让我们失了心魂，边听边大喊大叫。我们坐在后座，举着酒瓶子扯着嗓子，直到两位罗马尼亚的女孩停车警告我们才消停。她们说待会儿车就要开入马哈拉地区，再这么疯疯癫癫的，茨冈人会给我们颜色瞧瞧。当你遇到吉卜赛人时，一切有关他们的浪漫遐想都会破灭，让你改变原有的印象，而真实的他们和以往一样模糊缥缈。留在你脑海中的恐怕只有那个小镇——如薄纸般摇摇欲坠的房屋、泥泞的道路、位于欧洲中心却又难以名状的贫穷感，以我的认知，我认为要像吉卜赛人这样生活是不切实际的想法，至少对我而言。不过我发现自己同他们竟有许多共同点：无家可归、贫穷落魄、怀着被流放隔离的心情。但我们表现贫穷和无家可归的方式却截然不同。与世界隔离的原因，我与他们也大相径庭。不仅不一样，而且我们无法理解对方。和吉卜赛人沟通需要彼此付出大把时间，坦诚地、耐心地、勇敢地面对彼此，而这些我们都做不到，我们来了又走，飙了一路的车，终于安静地离开了小镇，回到了之前寄住的罗马尼亚人家里。为什么我们在那儿有种家的感觉？惭愧？是的。她们家的房子很大，有两层楼，房间里摆放着装满书的书架和一张双人床，家里还配有电视机、浴室和露台，沿着宽大的台阶可以下到客厅，一旁是开放式厨房，女士们在那儿忙着烧饭。家里的四个女人，母亲、祖母和两个女儿，正在为派对梳妆打扮。房间里回荡着笑声，弥漫的烟味中夹杂着伏特加和甜白葡萄酒的香味，酒里加了水果和柠檬苏打。父亲的表情非常自豪，他往头发里抹了润发油，摆出热情的手势，以示对我们的欢迎。穿过玻璃门，我们走到餐厅的长桌旁，上面摆了十二套餐具。看来有一大帮亲戚朋友们要来，和我们欢聚一堂，享用美酒佳肴，还有歌舞助兴。他们为了纪念我们的到来，准备了一场盛大的派对。而我们却不会在此地久留。惭愧吗？不。我们为此感到兴奋，带着微醺的朦胧感，怀着感激的心情，新奇地看着四周。呵，我们是富贵不羁的文化人，刷着信用卡，揣着挪威护照，装腔作势、游手好闲，仿佛是拥有特权的游客，用走路将自己粉饰成徒步旅行者。

我坐在这里等一位朋友。

在阿斯克沃尔的酒吧里等着纳维·斯嘉。他从菲尔德乘上汽车，明天和我一同坐船去布雷芒兰，然后在格罗特勒的海滩待上几天。那片沙滩的海岸线很长，细白的沙粒配着如水晶清澈的海水。我们要去那儿放松一下，游个泳，晒日光浴，或是和往常一样，聊会儿天，讨论点什么，亦或是躺在沙滩上，和往常一样看点书，看看周围经过的人。沙滩是我们的床铺，晚上生点火，和往常一样喝点红酒和烈酒。我向往在沙滩度过的岁月。今晚的月光很亮，他们要演出莎士比亚的《仲夏夜之梦》。这是否象征着某种开始，漫长的夏季假期和童话的序幕是否就此拉开？或许这是一出戏中戏，一出“最悲伤的喜剧，演绎了最悲惨的拉莫斯和提斯柏之死”的开场表演？

仲夏夜之梦

梦。什么是梦？我从梦中醒来，之前做的是什么梦？几秒钟之前我还能清清楚楚地记得我做了什么梦，我告诉自己，一定要记住梦里的情节，但现在已经全部忘光了。完全记不起来我梦到了什么。梦的感觉具体实在，像是真实存在的事情一般，非常重要，可当我醒来，睁开双眼，梦就立刻蒸发不见。看来是我把梦弄丢了。就像我站在现居的公寓门前，手里却丢了钥匙。我想进屋回家，但钥匙不见了，遍寻不着。我被锁在门外，关在租来的公寓门前，搜遍全身的口袋，只掏出一张信用卡、几粒药丸和一些零钞，钥匙没了踪影。这段时间我落得无家可归，该做点什么好呢？夏天的气候宜人，夜晚的月光皎洁明亮，于是我决定睡到屋外去。我在花园里找了棵苹果树，然后用细枝和外套在树下搭了一张床，再把毛衣当成被子盖在身上。躺在树下，我抬头看着树枝和星星，鸟儿的叫声此起彼伏，它们不睡觉吗？明天她会把她的钥匙带来，我是说和我同居的她。现在我记起那场梦了。我梦见你离开了我，我又成了单身，成了孤孤单单的一个人。

“咱做了一个梦。没有人说得出那是怎样的一个梦；要是谁想把这个梦解释一下，那他一定是一头驴子。咱好像是——没有人说得出那是什么东西；咱好像是——咱好像有——但要是谁敢说出来咱好像有什么东西，那他一定是一个蠢材。咱那个梦啊，人们的眼睛从来没有听到过，人们的耳朵从来没有看见过，人们的手也尝不出来是什么味道，人们的舌头也想不出来是什么道理，人们的心也说不出来究竟那是怎样的一个梦。”

这是波顿在睡着之后，又在舞台正中间醒来之后所说的台词。“最悲伤的喜剧，演绎最悲惨的拉莫斯和提斯柏之死。”所谓喜剧是戏中戏，梦中梦，那其实是莎士比亚《仲夏夜之梦》中的一个部分。我和纳维半坐半躺在阿斯克沃尔教堂后的草地上，四周有树林和灌木丛围绕，月亮探出了脑袋，已经到了子时，“仲夏节之夜”即将来临。我从未看过比这演得更好的戏，更未笑得如此大声。我不停地笑，和纳维的笑声叠在一起，比我一个人笑再大声一倍。突然到了转场的间隙，我听见有人哭泣。另一处的某个妈妈对孩子喊着别说话，爸爸则在一旁抽烟。观众的反应告诉我们，他们已经成了戏剧的一部分。

昆斯　你们差人到波顿家里去过了吗？他还没有回家吗？

斯塔夫林　一点消息也没有。他准是给妖精拐了去了。

弗鲁特　要是他不回来，那么咱们的戏就要搁起来啦；它不能再演下去了，是不是？

昆斯　那当然演不下去咯；整个雅典城里，除了他就没有第二个人可以演皮拉摩斯。

弗鲁特　谁也演不了；他在雅典手艺人当中简直是最聪明的

一个。

昆斯　对，而且也是顶好的人；他有一副好喉咙，吊起膀子来真是顶呱呱的。

弗鲁特　你说错了，你应当说“吊嗓子”。吊膀子，老天爷！那是一件难为情的事。

纳维　你现在看见剧院这玩意是多么累赘了吧。演戏最好就是在露天的环境下演。或者干脆把艺术摆脱了，去掉谎言和演戏的成分，让生活变成戏剧。

托马斯　嗯，我觉得你说得有点言过其实。如果你从更高的位置去看问题，从我的角度，俯视着看你，你说的或许又有些保守了。你所说的话在我之下，在你自己之下，什么叫摆脱艺术，你不会是说真的吧？

纳维　艺术尽是空泛的东西，感觉挺势利的。生活中完全没必要。至少要是我们真的活在生活之中的话。

托马斯　我们现在躺在这里，欣赏莎士比亚的戏剧。你在笑我在哭，你想说我们不是在生活吗？难道我们现在的状态是半死不活，还是已经死了？所以我们不妨把艺术埋葬了？我觉得当我们接触到艺术的时候，我们才是更强烈、更近距离地体会到了生活。

纳维　莎士比亚的戏剧就证明了戏剧本身就是一个笑话。这就是为什么我会笑你会哭的原因。与其坐在这里看戏，我们不如绕着森林跑，做一对情侣呢。

托马斯　所以说莎士比亚让我们陷入这个矛盾的思考之中。我们到底是要做生活的旁观者还是参与者，如果我们受到了挑战和嘲弄，当我们意识到了自己的愚蠢和不足，我们是否就不再参与其中？

纳维　莎士比亚大师什么都没教给我们。戏剧不会把我们变成更好的人。戏剧就是纯粹的娱乐，用来打发时间的。莎士比亚绝大多数的戏剧就是来告诉我们，生命太过短暂，稍纵即逝，所以我们不能把时间浪费在误解和戏剧上。

波顿　列位，你们得好好想一想：把一头狮子——老天爷保佑咱们！——带到太太小姐们的中间，还有比这更荒唐得可怕的事吗？在野兽中间，狮子是再凶恶不过的。咱们可得考虑考虑。

斯诺特　那么说，就得再写一段开场诗，说他并不是真狮子。

波顿　不，你应当把他的名字说出来，他的脸蛋的一半要露在狮子头颈的外边；他自己就该说着这样或者诸如此类的话："太太小姐们"，或者说"尊贵的太太小姐们，咱要求你们"，或者说"咱请求你们"，或者说"咱恳求你们，不用害怕，不用发抖；咱可以用生命给你们担保。要是你们想咱真是一头狮子，那咱才真是倒霉啦！不，咱完全不是这种东西；咱是跟别人一样的人"。这么着让他说出自己的名字来，明明白白地告诉她们，他是细工木匠斯纳格。

在外过夜

我一直都挺喜欢在外过夜的。到高山或森林里找个地方，也可以就在家门外，到花园里的树下睡觉。或是在拜访朋友时，借对方的露台睡，铺开毯子，钻进睡袋里，在露天度过这个夜晚。

我会尽量在外过夜，找个灌木丛或是树林里安全的地方，靠着某个东西，或是躺到房顶上去，那地方特舒适。当我躺在森林里的小空地或是在海边看风景时，我心想，睡在外头多美妙啊，这就是我训练自己在外过夜的方式。

“我曾经认识一个人，他基本从来不在自己的房子里睡觉，因为他说，他的名字就是专指一种喜欢去外面睡觉的人的。想起他的话，我觉得挺快乐的。”

这段话是埃里克·萨蒂[1]说的。他把自己的一些作曲描述成音乐的摆设。它们的功能就同取暖、照明和通风装置一样。他的想法来源于马蒂斯[2]。他所追求的艺术不需要将元素分散开，而是类似于一张扶手椅般的东西。萨蒂的大部分时间都在室外度过，不是和朋友在一起就是去咖啡馆坐着，要不就去街上散散步。他这么做是因为他租的房子很冷清，待在里头会令人抑郁。萨蒂爱财，但他所住的那个地方，柯多特街6号的小房子，几乎没怎么装潢过。房子里就一个壁炉、一面镜子、一扇窗户（“我可以从这里眺望到去比利时的路”），还有一张床。床是他自制的。在这个小房间度过了为数不多的几个月后，萨蒂被贫穷（“贫穷像是一位可怜的小女孩，她长着一双大大的绿眼睛，走进了我的房间”）逼得搬进了一间更小的屋子里去。那间房小得可怕，放了床之后，门就无法完全打开。来访的客人只能从门缝里挤进来，再吃力地从床上爬过去。曾经有位访客写道，这房间的通风很好，刺骨地冷，所以萨蒂睡觉时要穿衣服和靴子。但和那个取名为住在外头的人相比，萨蒂的生活算是相当奢华舒适了。我的名字和睡在外头没有一点关系。我的家人都喜欢睡在屋里，世世代代都是如此。因此我自然以为，我也继承了这样的习惯，直到第一次睡在外面，我才茅塞顿开。那晚我在西班牙。我和一位朋友在旅行，一起搭火车穿越欧洲，当时我们十七八岁的样子。从圣塞瓦斯蒂步行了一小段距离后，我们想沿着北面的海滩走，但是由于背包太沉，我们只好停下来歇歇脚。到了桑东娜拉雷多我们选择坐火车，没过多久，我们又跳了下来。那儿有一片白色沙滩，和火车经过的比斯开湾地区相比，这里有些与众不同。海岸线蜿蜒向前，从火车站的桥上，我们瞥见了沙滩的影子。这地方够我俩活动的了。沙滩像是整片土地的折痕，桥下有一条小河沿着山谷顺势流下，汇入大海。沙滩被树林和周围的山隐

1 埃里克·萨蒂（Éric Alfred Leslie Satie，1866—1925），法国作曲家。

2 亨利·马蒂斯（Henri Matisse，1869—1954），法国著名画家、雕塑家、版画家，野兽派创始人和主要代表人物。

隐约约遮住了脸，这股神秘的气息打动了我们。于是我们不约而同地站起来，旅途中难得出现如此陌生又熟悉的场景。匆匆地交流了几句后，我们在下一站下了火车。沿着火车轨道往回走，我们最后停在了桥边。这座桥跨越山谷和小河，我们得先过桥，才能走到沙滩。桥很窄，只够单人通行，人约两百码长，离河水有一百五十多英尺的距离。我们该怎么办？艾瑞克把耳朵贴在铁轨边上。我们究竟能否凭声音判断火车的距离，安全通过大桥呢？我们打算等一班火车，锻炼一下听力。但一直没火车来。于是我们决定跑过去，如果火车来了我们就把背包丢掉，穿过轨道爬到桥的那头，紧贴着桥的外侧爬。我们祈祷好运，可过了很久，依然什么声音也没有。仔细聆听铁轨的声音，什么都没有。什么都没有，什么都没有。这像是一种听不见的节奏，跟着一辆无形的火车向我们驶来。我们不知火车会从哪个方向来，但跑的时候我们终于看见了火车的身影，两个方向都有火车的声音，仿佛从四面八方过来。我们看见火车像小鸟一般在空中飞驰，它像呼吸着的轮船朝我们驶来。但那些都只是幻想而已，我们梦见自己在天空中飞过了桥。

那天本就是一场梦。

这片海滩原是军事露营基地的延伸部分。在海滩上游泳嬉戏的人都是士兵或军官的家属、子女、妻儿。我们把衣服扒了，一头扎进海浪里，开心地游起泳来。这里是士兵的天堂。我们在海滩的小餐馆吃了顿饭，坐在松针叶的阴影底下，喝着啤酒，点了份西班牙土豆和洋葱蛋饼。隔壁桌坐着三个女孩儿。她们在用吸管喝可乐，我们问她们这里是什么地方。“你们不知道这里是什么地方吗？”“不知道。”“他们告诉过我们。

但是我们不能告诉你，至少现在不能。我们几个的爸爸住这里，都是军人。”她敬了个礼，把手举到看不见的帽檐边，用吸管瞄准我们，然后朝我们开火，我们闭上眼睛作假死状。我看得出她只有十六岁左右，也可能十七岁。我的眼睛始终没法从她身上移开。“那你们住在哪里呢?”她低声问道。“我们准备就在沙滩上睡觉。像吉卜赛人一样。”“做个吉卜赛白人?”她们笑了。“我们要回去了，过会儿等天黑了就回去了。”

我们等天黑之后，用海水洗了把澡，然后剃了剃胡子。换上干净的衬衫后，我们掏了一瓶红酒出来，躺在各自的树下，边聊天边抽烟。太阳落山了。我们躺在树下聆听说话声和脚步声，但除了海浪还有风打在树上的沙沙声，什么也没听到。海滩餐厅的灯灭了。我听见汽车发动的声音，那车闪着灯朝山坡慢悠悠地开走。之后就什么光线都没了。过了好一阵子才看见月亮和星星，月光洒在沙子和海水鼓起的波浪上，留下一小串亮光，海面渐渐平静下来。

她们并没有回来。

我们躺在地上看着云彩。我们身上一切有关自然的东西似乎都在后退，我们将自己裹在黑夜的毯子里，像是被遗弃的孩童，静静等待夜晚的降临，等待睡意的召唤。我睡了吗?迷糊间我听见口哨声。有人站在那儿，就是刚才那三个女孩儿，后面跟着一小队人马，他们手里提着一个桶，原来是装着红酒和汽水的锡桶。那个叫特蕾莎的女孩走在最前头，她穿着短袖衬衫，蹬着高跟鞋，脸上化着妆，看上去比白天的时候要成熟一些。“原来你们在这儿呀!”她叫道。“我们带了一些朋友来，可以保护我们，他们是士兵，会开枪的。”她说道。

我们在海滩上生了火。有个男孩带了把吉他来，他拿漏斗当麦克风，模仿着喇叭的声音吹起口哨。我们跟着他的节奏拍起手来，轮流和所有女孩跳舞，不过我心里惦记着的是这位特蕾莎。“我的名字叫特蕾莎·图拉斯。”她说。她身材高挑，皮肤黝黑，一头长发扎了个马尾辫。“图拉斯少校是我父亲。”她说。她胸部的皮肤倒很白皙，一眼就能从她衬衫底下看到她可爱迷人的胸脯。“安娜·图拉斯是我母亲。”跳完舞后，我不舍得放她走。我抱住她，像是永远不愿放手。我对她说：“我不会放你走的。”她大笑着想挣脱我。“安东尼奥·图拉斯是我哥哥。”说完她便冲弹吉他的男孩点了点头。他的目光死死盯着我们。虽然她千方百计地想从我身上扭开，但我依旧牢牢地抱着她。“我不会让你走的。”我对她说。篝火旁的人叫我们过去。我知道一旦放她走，她就跑了。“我希望明天还能见到你。”我说。她点点头。但我清楚，今天以后我再也看不到她了。于是我放开她，和其他人一起坐下来，所幸她和我挨得很近。“我的名字叫托马斯·图拉斯。”我说。幸福非常短暂，但我可以一直看着她美丽的脸庞，她放肆犀利的眼神，还有她颀长任性的身体。我抱着她，不放她走。

半夜里开始下雨了。艾瑞克戴着耳塞睡觉。这是他的习惯。可我睡不着。我幻想着自己脱去了特蕾莎·图拉斯的衬衫。她全身赤裸面对着我。我可以感觉到雨水打在脸上。舌头一片潮热。这样下去我可能会浑身湿透，于是我打开睡袋，转过身摇了摇艾瑞克的肩膀。他醒了。他拔掉一侧的耳塞，样子很生气。“怎么了？”他吼道。“开始下雨了。”我说。“哦，那我应该做点什么呢？”我只能用微笑回应他。下雨的话，我什么也不能做。我清醒地躺在睡袋里，聆听雨水打在树叶上的声音。树林里飘来一股甜甜的湿气，抿起来像嘴唇的味道。这股味道从黑暗的土壤中散发出来，我一头猛扎进去，很快又退出来，接着身体一阵痉挛，一股热流从雨水中溅射出来。

在沙滩上

纳维和我决定搭乘快船去布雷芒兰，然后到格罗特勒的沙滩过夜。我们打算在那儿待个几天，等气候变了，再继续北上，能走多远就走多远，过完整个夏天。

我们在阿斯克沃尔买了一些必需品：厕纸、创可贴、几瓶水、止疼药、安眠药、镇静药等等，都是一些小药品，除此之外纳维还从菲尔德的售酒商店买了两瓶红酒和两瓶烈酒。我们用背包分摊了重量。手电筒、太阳眼镜、两把折叠式的锋利小刀、一个保温杯、四本汉姆生的平装书，这些都是纳维专门为旅行购买的东西。我们两个从未去过诺尔兰这么远的地方，总觉得靠脚走到那边是个玩笑，奥古斯特在《旅行者》里写过去那儿的徒步路线，但汉姆生的记载却与此恰恰相反[1]，他说，奥古斯特确实曾经离家过几个月，但后来坐船返回了波伦。纳维穿着一双浅色的登山靴，背了一套戈尔特斯的装备，穿着蓝色的防风外套，里面是白色衬衫，还有黄到发光的防水尼龙裤。这是我所见过的最滑稽的一条裤子。我见过好多次这条裤子，因为他总是穿它出门。爬山的时候，进城的时候，去酒吧和参观的时候都穿过。这条裤子真了不起，应该对他很重要，如果走在这条裤子的后面或侧面，很难有坏心情。我穿着西装，脚上蹬着马丁靴。路上偶遇其他登山者，无论是在山顶还是平原，山谷还是高地，穿着衬衫和西装，都始终是一件令人满足的事。

我们坐在船的前排，吃着鲜虾三明治、啜着咖啡，从前排的窗户眺望远方。我们看见一路经过的地方、码头、商店还有等候的人们。我们看见他们白皙的脸庞，看见他们身上的坚强与耐心。这个地方能磨练人的意志。附近属于多山地区，坡面陡峭，周围有小农场和一些小乡镇，来往的距离都很长。在这里工作应该挺艰辛的。我们看见动物和人经过，还有树林和一片片分割的田野、船屋和船。这是片美丽的土地。阳光闪耀，今天天气很好。海面风平浪静，像一往直前延伸的路面。而我们正僵硬地沿着海滩快速驶过。

我们住的是全世界最好的地方，我说，而且正处于人类史上最好的时光。我既不想到其他地方去生活，也没兴趣穿越到过去。我们的国家国库丰盈，让我们成为世界上最富有的国民，从工作中解放自我，我的意思是，没有责任，不用长时间地辛勤劳动，即使没成家也不感觉丢脸。我们享受追求财富的自由感，不用有任何歉意。

你不怀念吗？

怀念什么？

怀念我们为了自由而不得不分离的生活。

1 克努特·汉姆生（Knut Hamsun，1859—1952），挪威作家，1920年诺贝尔文学奖获得者。《旅行者》是其“奥古斯特三部曲”的第一部。

不。

我们在布雷芒兰上了岸，接着向格罗特勒出发。沙滩是我们的目的地。天气很热，走在路上，我们的眼睛被四周的花园和洋房，还有车库和里面的车所吸引，所有这些都属于新贵阶级。

我们确实变得越来越富有，但我们造的房了却越来越不堪一击，纳维说道。这些新房子的质量并不好，外形很丑，而且一点不结实，像一个个被露台和装饰物杂乱堆成的长方形盒子，毫无美感。虽然我们手里有钱了，但是日子却没以前过得好，事实就是如此。所有的一切都不如以前，房子、学校、加油站、邮局和超市。我们有钱了，但是盖的房子都是粗制滥造。而且人也变得吝啬，对生活吝啬，尽管有钱，但我们过的日子却可怜巴巴，像是一贫如洗。其实，我们是真变穷了，只是方式不一样，现在的穷更恶劣。从外表看，我们也比不上过去。不是太胖，就是没精打采、筋疲力尽，肌肉瘫软无力，身体在一点点变垮。我们的脸越来越肥，脑子越来越钝，智力开始衰退。穿衣风格没有特色，通通打扮成一个调调。从穿衣的品味就暴露了我们的生活质量，反映了我们的低俗趣味。我们夸大了电视的作用，被数不清的报纸所洗脑，让这些无知愚昧的东西来左右我们的思想。这大概就是我们现在的模样。看看周围！我们嘲讽美女。除此之外，我们还干坏事，破坏自然风景、虐待动物、损坏公物为已用。至于财富，我们常常是将利益建立在牺牲他人事物之上，这让我很担忧。为此我觉得很丢脸。

我明白。

当我们同其他人联系在一起时，自然而然便成为了周围的一部分，想到这我有一种惭愧的感觉，纳维说道。我们无法想象自己是独立于周围事物的存在，作为人，作为承担部分责任的一员，我感到惭愧。如果没有惭愧感，我几乎没法做任何事情。

我明白。

我的好心情正在一点点蒸发殆尽。太阳高挂在空中，而视野却变得漆黑。没有云，没有微风，只有一条长长的沥青路面，像一条黑色的带子，在这些丑到发指的房屋和谷仓中蜿蜒而行。动物被囚禁了起来，既不会减重，也生不出更多的蛋来。所有的安静难不成是因为农民好逸恶劳，是因为懒惰才导致的？他去哪儿？人都去哪儿了？动物都去哪儿了？那些除草的男人们，还有在架子上晒干草的女人们，在干草堆上跳来跳去的孩子们，都去哪儿了？吃草的牛儿，踢脚的母鸡，咯咯叫的公鸡，咩咩叫的山羊，还有绵羊和猪，马儿和狗，都去哪儿了？哎，挪威的农业和土地究竟都发生了什么？

农场一片片彼此挨着，像被人遗弃在山顶般安静地躺在大地上，四周是一圈隔离带。许多农庄遭人抛弃，里面杂草丛生，遍地都是灌木丛、大蓟和水草。就连房子也破败不堪，谷仓空空如也，放眼望去一片萧条。我们眼前的景象正在渐渐消失，这就是挪威西部的农地。

我不禁怀念起过去的时光，怀念起那些被遗弃的工厂和工业机构，那些言辞激烈的小说和课本，还有报纸文章和采访报道，为什么没有任何一条记录过我们国家在现代史中经历的这场影响最为深远的变革，为什么我没有见过有关挪威农地正在慢慢荒废的报道？

挪威农业死亡的同时，乡村正遭遇着更剧烈的毁坏。挪威的土地正面临两方面的威胁，自然和文化。我们在设法慢慢恢复，或者说重建。照着城市的模样，一砖一瓦地建造乡村。第一眼瞥见乡村社会时，犹如瞥见随意的一处城郊，这里有加油站和购物中心，有美式别墅和卫星电视。我猜想这就是电视里教我们造房子的方法吧。大车库，新花园，露台还有烧烤，这些挪威的美式家庭，喜欢站在花园里烧烤，伪装成挪威人的样子。从美国来的移民比去美国的移民多。但移居到这儿的美国人，他们的生活总有点不同寻常，平时不是骑车开车，就是坐船坐飞机。就这样，他们一路闯进挪威人的房子里，闯进挪威人的客厅里，出现在电视屏幕上，走进挪威人的日常生活中。

在我们去格罗特勒的一路上，第一个目的地是一家购物中心。里面有邮局、超市和一个很大的停车场。我们买了几罐啤酒和一包香烟，在停车场旁的桌子边坐下来，又累又渴，因为天气炎热，嘴里说不出话，阳光烫得像要把我们烤熟一般。我闻到大海和海盐的味道。眼前是白色的炫光和尖叫的海鸥。突然，有两名女孩经过。夏天和沙滩，带给我们一线幸福。由于没做任何计划，我们无事可干，便打算躺在沙滩上。

走过最后一两英里，我们到了格罗特勒的沙滩。这里的房屋较小，年份较老，应该有很久的历史。这里风大，由于天气的关系，房子都进行了一部分扩建，加了一些结构，夏季的时候游客很多。房型虽然简单，但能遮风挡雨，像是用无形的螺栓钉在地上一样，看上去很结实。房子外墙刷了白色和黄色，都是沙滩的颜色，除了沙黄色和赭石白，还有淡蓝色。门漆成了绿色，窗户配了红色的窗帘。窗帘的阴影色调，石头上被打湿的阴暗色调，还有海鸥嘴巴上的标记，都和被涟漪冲起的鳗草颜色一样。房子排成一排，矗立在山边，面朝大海，背面则俯瞰着狭长的公路。一路往上，有一排旧干草棚，仿佛朝大海伸出的舌头，都褪了颜色和沥青，如岩石一般灰白。四周的树木也渐渐染上了这层灰色，树皮已经开裂，慢慢褪去了原有的颜色。在房屋和树木的中间，一个小小的拐弯后，再经过船屋和海里的礁石，就是沙滩了。格罗特勒沙滩是一条长长的白色拱形沙滩，像是装着海水的一只碗。海水灌进这只碗里，然后再倒出去，重复着这项无休止的运动。除了半夜的某些时候，海面像被月光冻结一般，显得比较平静。正中午的时候，太阳高挂在空中，大海也会偶尔睡一会。这里没有风。圈起来的田野和沙子之间的边缘地带漫出了杂草，高高地立在地上，一动不动。我们沿着沙滩走着，径直来到海岩石的地块，这里是沙滩的终点，四处坑坑洼洼的。两块大石头自然地避开了长滩，算给我们提供了休息的地方。我们把背包摔下来，衣服随手一扔，冲着海边跑去，猛地一头扎了进去。海水很冷。应该说是又冷又硬，硬得同皮肤一样。我们往水下潜，游过沙子的底部，朝深处一直游出去，然后再折回海边，脑袋露出海面时，身体忽然感觉到了从太阳和海盐传来的热量。我们在水面上漂了一会儿，接着游到小鸟岛，手脚并用地往陆地爬，终于可以躺在平坦的岩石上，回头瞅瞅沙滩。

你见过这么美丽的风景吗?

没有。

沙滩后面有座山，山坡侧面长着杂草、竖着篱笆。房屋排成一列，周围有花园和树木，通往沙滩的小马路一直延伸到沙地里。宁静的水面像一股气流席卷了这里所有有生命的物体。游泳的人躺在沙滩上，身上盖着毛巾和毯子，周围放着篮子、塑料袋、床垫，头顶撑着太阳伞，光溜溜的身体有了热量，不自觉地犯起困了，变得肿胀。狗在海边欢呼雀跃，鸟儿在天空翱翔。母亲对着跌倒的孩子大声叫唤，打破了海滩的宁静。跳进海里游泳的声音，汽车发动的声音，还有引擎的声音吵醒了沉睡的人们。沙滩苏醒了，又恢复了它往常的面貌，人们或在沙滩上打球奔跑，或是去海里游泳嬉戏。

一天中最热的时间总算过去了。

不知不觉，沙滩变天了。微风打在岸上，海面激起一阵涟漪和细浪，云层遮住了太阳，我们只好游回陆地，在沙滩上躺着休息。这真是完美的一天。晒着太阳，我们慢慢进入了梦乡，什么也不做，什么也不想，脑海中渐渐浮现梦境。我们梦到了什么？我梦到自己在路上开启了一段新生活，我始终往前走着，从一个地方步行到另一个地方。这会成真吗？会吧。走了多久？我也不知道。秋天的时候我们会南下，等到冬天就逃去更南的地方，或许会去北非，又或许会一路朝着热带走，只要上路就不会回头。你能走多远？不知道，我至今还未尝试过挑战自己的极限。每次出行我总会设置一个目标，并且事先做好时间表。虽然我无时无刻不在旅途中，或长或短，但我从未突破预先计划的旅程安排。两个月，最多三个月，我就回家了。不是坐火车，就是巴士，或是飞机轮船。但迄今为止，我这一生中却未曾有过一个家。我有住的地方，但那里只有我一个人。只要在房间的地板上铺一个床垫，旁边摆一张写字桌和一把椅子，就够了。我把这里当成一间充满等待的房间。我等待着改变，不，我等待的是一次蜕变，从内而外彻底的蜕变，换言之，我是在等待一份崭新的生活？我究竟在等待什么？今天，就是新生活开始的第一天，充满了未知的可能。我所要做的就是先起来，站着甩一甩身上的沙子和梦想，然后穿上西装，扛着背包，沿着公路往前走。

第二部分

运动和娱乐

我一直都很享受漫步的过程。记得有一年春天，那天我外出散步，在出城的路上正巧看见一辆车。它停在一棵树下，是一辆黄色的梅赛德斯，车内配有红色真皮座椅。车窗缝里塞着一张卡片，上面写着两个字：出售，底下有一排电话号码。我拨通电话，立马把车置办下来，这是我所拥有过的最豪华的一辆车。买下它的第二天，我便驾着它沿山路开去奥斯陆，然后在一家招待所过了一夜，接着一路南下，来到了哥本哈根。我在车的后座打了个盹，醒来以后继续朝德国开，到了荷兰，再穿过比利时，之后我跨过法国边境，把车停在查尔维尔—梅齐埃。从查尔维尔起，我便开始步行，先是沿着马斯河走，接着从阿登运河边一路游荡到勒谢讷，再顺着埃纳河往上走，穿过武济耶的森林，越过满是尘土的田野，最后从兰斯来到了巴黎。这条路线我总共走了五天，终于在一个星期五，艰难地撑到了大城市。我又累又脏，因为一直都在户外睡觉，条件比较艰苦。我从巴黎的科里尼安古尔门进了城，马路上的人蜂拥而至，把我撞个正着。门里的世界充满了喧嚣，这或许就是城市。走过城门时，刺目的阳光让我睁不开眼，原来我已经到了大都市，一张张满是疑惑的脸和一双双迷茫的手与我在城市里邂逅。我瞥过他们的眼睛和四周的房屋，眼前闪过一扇扇窗户、马路和房门，我思索着下一步该怎么走。我只好找地方坐下来，用手捂住脸。过了一两分钟，我要了一杯喝的，但是店员不愿意招待我，服务员冲我挥手，一副要赶我走的模样。进了酒店的房间，我照了照镜子，面前的自己竟和落魄潦倒的流浪汉别无二致。胡子没剃，西装外衣还撕开了一道口子，裤子上的泥土一直蹭到膝盖。我站在衣橱的镜子前，满意地端详着镜中的自己。这不就是我一直以来梦寐以求的扮相吗。我点起烟，开了一瓶塑料瓶装的红酒，躺倒在床上。这样的结果让我很满意，我终于成功了，成功地变成了另外一个人。

我在房间的床上躺了两天。早餐放在门口的托盘上，有咖啡、可颂、吐司和果酱。九点了，教堂的钟声敲响，阳光从窗户里洒进来，照亮了整个房间，仿佛这里就是我的家。我在床上享用早饭。椅子、写字桌、镜子、衣橱、地毯，所有的家具都属于这个房间，这里是它们的家，它们属于这里，而我则是一名陌生人。我躺在床上，读着里尔克的《论塞尚》。我打开窗户，从床上向外眺望，感觉很是惬意。只可惜这扇窗与这片景色并不属于我，回响在屋里的声音，包括人声、脚步声，通通不属于我，还有街边的夜灯，以及所有的一切，它们都不属于我，而只属于这个房间。躺在床上，欣赏窗外的风景，光是这样就足以让我获得满足感，这感觉和欣赏一幅挂在墙上的油画十分接近。我不需要看塞尚的油画，只要读里尔克的作品就已足够，我能通过他的作品想象出画的内容：厨房的桌上摆着苹果和一瓶红酒，画里有位女士，她坐在红色的扶手椅上。“坐在这张红色的、有性格的扶手椅上。”里尔克写道。这让我思考起我对物品的钟爱，我之所以对椅子、桌子、床和灯抱有感情，或许是太过孤单的缘故。在那段时间里，陪伴我的只有这几样物品。而今我又打算在巴黎做什么呢？毫无打算。我既想去大街上转转，溜达溜达，又想躺在床上，坐在酒店客房的窗台边，低头看看楼下的大街，还有路过的行人。除了这些，我想不出其他更宏伟的计划。不，我有，我可以做笔记。某天早晨，我乘坐通勤火车出城，去了阿尔克伊卡尚。埃里克·萨蒂在那儿有个家，柯西路22号的一个小房间。每天，萨蒂都要从这个地址出发去咖啡馆，那是他在巴黎常去的地方，路程大约七英里多一点。这位作曲家会在一路的多家酒吧前停下脚步，只有酒吧能中断他的路线。等到他好不容易走进咖啡馆时，虽然已经醉了，却仍坚持点杯咖啡喝。回家的时间基本都在傍晚，他的口袋里一分钱也没有，但脑子里全是点子。据说他会在灯柱旁习惯性地停一停，把在笔记里听到的音符潦草地涂在杆子上。在同约翰·凯奇的访谈中，罗格·沙图克发展出一个理论，说的是萨蒂对音乐节奏的鉴赏来源，罗格认为是他创作了音符的反复，以及音符的变体，他的音乐从整体而言流露出一种枯燥感，这些都是他过去在这片土壤上，从日复一日、来来回回、无休无止的步行中得来的。我之所以想沿着他的路线走，只是为了做些笔记，没别的原因。我之所以记笔记，是因为我本想写一本有关步行的书，这个主意听着不错，但事实上，我对这事已经没了兴趣。现在我坐上出城的火车。在地图的引导下，我在正确的站台下了车。车站里有家酒吧，我走了进去。这儿应该就是一个好的开始。吧台边上靠着两个男人，我站在他们旁边，点了一根香烟。我只是问他们借一个烟灰缸，他们却告诉我，把烟灰直接弹到地上。店主对我说，烟灰缸是用来装钱的。我在烟灰缸里放了两法郎，然后把香烟头在地上踩了踩。“你很了解我们法国人的习性，”店主说，“要再来一杯吗？”“不了，谢谢。”我说。“看来我错了，你对法国人一无所知。”他说。我解释道，我正在找埃里克·萨蒂曾经住过的房子。听闻此言后，我身旁的男人立马邀请我坐他的车，但是看情况他的神志不是很清醒。“你说的是那栋有四个烟囱的房子，”他说，“上我的车。”他开着一辆金属灰的路虎，车身有几处凹陷。我们本来能开出城外，离开法国，南下西班牙，然后坐船去摩洛哥，一路开到沙漠。我们本来要开很远很远，离开这个鬼地方。但是司机喝醉了，他开得很慢，一路上小心翼翼的。我发现两旁的屋子没有人住。这幢房子竟和那个曾经住在这里的人有点相像。埃里克·萨蒂其实是个酒鬼，而且很穷，他住的地方很小，小到门都没法完全敞开。不过也没什么人会把门开很大。萨蒂家没什么访客，偶尔会有人来，零星的几个朋友来过他的家。他在这个房间里度过了人生的最后二十七年。这就是那栋房子。我坐在车的前座，慢慢摇下车窗。不知为何，我的眼里突然盈满泪水，只好转过头去。或许是因为这番贫困的景象让我触景生情，或许是这种孤单的气氛，也可能是酒精催化了我的眼泪，说不清楚。我在这儿处处显得格格不入，究竟来这儿做什么？我又想从这里得到什么？“现在你已经看到了，就这栋房子，”司机说，“你想干点什么呢？有什么想去的地方吗？”“回巴黎。”我说。“好，我们开回去。”话刚出口，我就后悔了。“我本来想的是走到城里去，像萨蒂一样用脚走。”我说。“这想法很傻。”司机说。他想开车带我回去，我猜想他或许也想从中得到一些他想要的东西。“谢谢你让我搭便车，”我说，“我欠你多少？”“63法郎，”他用一种专业的口吻回答道，“算起来正好是三小杯伏特加的价钱，我需要喝点酒。”他说。你可以把车卖了嘛，我说。这本来是我开的玩笑，但他却当真了。“滚下去。”他生气地对我吼道。这时候我才突然意识到，这辆车是他的家。我刚才的提议等于让他把家和谋生渠道给卖了。

就这样，我踏上了走回巴黎的旅程。街上有些身穿彩衣的非洲人，那种带风帽的外套是我最喜欢的服装款式。我的梦想就是用服饰掩藏自己的真实身份，让自己变得面目全非，蜕变成另一个人。非洲的年轻人穿着美式上衣、牛仔裤，套着连帽夹克衫，或聚在街角，或坐在车里。他们四处闲逛，一副对社会非常不满的模样。手里玩着音乐，他们的唱词言辞激烈，充满仇恨。这算是一场骚乱还是革命？不知不觉我走进一间酒吧，名字叫勒福乐里，老板是一名柏柏尔人。每周三和周四他们会招待库斯库斯的柏柏尔人。酒吧里的柏柏尔人在玩骰子，输的人要买酒来偿还。他们边喝酒边玩。烟蒂被摔在酒水台前的地板上。我喝着酒，慢慢忘记了埃里克·萨蒂，以及他步行经过的巴黎，就连他曾栖息的居所也不复存在。北非人的脸孔飘来一种南方的气息，混杂着贫穷和对政治的不满，像是从死气沉沉的荒野而来。四周的草坪早已干枯，塔式大楼的后院里堆满了垃圾，嫉妒和仇恨在这片土壤上滋生弥漫。污染和噪音充斥着这座城市，我原本期待的是什么？一块芳草茂盛的土地？有马和田园的，闹中取静的世外桃源？现代音乐早就抓住了节奏，喧嚣声回响在城市中央，音乐趁机在马路上蹦跶，而我则生活在时间的缝隙里。

我要的城市根本不存在，唯一能做的便是跟着萨蒂先生的步伐前进，这个家伙偏爱棕色的天鹅绒西装，鬼魂似的四处游荡。他的头上戴有一顶瓜皮帽。我真是一个荒唐的角色，荒唐地穿着一套西装散步。突然发现白衬衫的领子和胸前沾有血迹。看来之前不小心流鼻血了，大概是因为太过劳累所致。再扫一眼我自己，鞋子破了，裤子也脏得不成样子，肩上歪歪扭扭地驮着皮包。包里装着一支笔和几本笔记本。应该记些什么好呢？不然就写叶子从树上长出来了？或是公约街的窗台上种着花？还是写杜兰顿花园的长凳上坐着一对情侣？要不写写巴黎的郊区很快就要爆发暴力骚乱事件？此时此刻，我忽然想起于斯曼小说《逆流》里的德泽善。他一时冲动，想去伦敦走走，出门没走几个街区，便被一家餐馆吸引住了。这家餐馆充满异域风情，似有一种英国的味道。离开餐馆后，德泽善便回了家。这次的英国之旅非常成功，让他倍感快乐。

仅仅过了半小时，我就把非洲抛在了身后。现在，我要步行穿过法国的一个区，只需跨过无形的边界线即可，尽管别人察觉不到这个跨越，眼前的街道却意外地干净了，路过的行人肤色比非洲人浅一些，穿着打扮反而用色更深，个个披着西装，打着领带。看来这里是商务区，雪铁龙、标致、梅赛德斯和福特的办公室随处可见。这里有酒店，还有我见到的第一个地铁站。过了桥，就算跨过了塞纳河，穿过足球场时，我发现运动员清一色黑皮肤，裁判却是个白人。终于，我走到了巴黎。这座城市温暖如心脏一般。巴尔扎克写过，巴黎是世界的脑袋。但我觉得这座城市不只是脑袋，它还是心脏，是手和脚，是胃和胸，是肺，能让我们呼吸，又可以是脸或嘴。我走过总站大酒店，沿着勒克莱尔将军大街继续前进。这位将军本身并没有引起我的思考，但勒克莱尔这个名字倒是提醒我想起一个人，画家巴尔蒂斯[1]的女佣，一位名叫莉娜·勒克莱尔的十八岁姑娘。她受贾科梅蒂[2]的推荐去做女佣，本想成为一名诗人，却沦为巴尔蒂斯为己所用的工具。他并没有好好待她，只不过把她当作一个模特、一个用人、一名情妇。后来他又找了一个更年轻的女孩取代了她，一名姓弗雷德里克的十四岁姑娘，同时也是他哥哥彼埃尔·克洛索夫斯基的女儿。莉娜·勒克莱尔曾企图自杀，所幸被人救了下来。后来，她搬到山野的一处偏僻的农场里生活，在那儿养殖蜜蜂，打理着一个花园，还创作了诗歌集，名叫《苹果睡着了》。1983年，我独自去巴黎参观过巴尔蒂斯在蓬皮杜中心举办的回顾展，那真是一次不可多得的精彩展览。这是我迄今为止，在艺术领域见过的最令人叹为观止的展览之一。当时的我只有二十岁，我所悟到的真理只有一个，那就是创造出最伟大的艺术作品的人，都没有什么道德节操，难道不是吗？如果让我在三十九岁时再分析一遍，我可能会看得更透彻一些。话说回来，我正继续沿着勒克莱尔将军大街往前走，希望能及时赶回去。确切地说，我只是想做点不太像是我做的事。

当我走在阿姆斯特丹大街时，发生了一件奇怪的事情。我听见有人大叫着我的名字。我本想假装什么都没听到继续往前走，但这个人又叫了一次，看来这不是我的幻觉。我停下脚步，心里有些不太痛快，恰巧

1 巴尔蒂斯（Balthus，1908—2001），20世纪法国卓越的具象绘画大师。

2 阿尔贝托·贾科梅蒂（Alberto Giacometti，1901—1966），瑞士超存在主义雕塑大师、画家。

在我准备行动的当口被喊停，有种被人逮着的感觉。就快到达目的地了，我的计划是什么？是躲在一个陌生的城市里，在一个没有人认识我的地方，伪装自己吗？对，这是我不为人知的目的，也是我的秘密计划。计划的内容就是伪装成别人，自由自在地行走在巴黎街头，不会被任何人认出来。难道不就是这样吗？究竟是谁揭穿了我的身份？我转过头，看见《卑尔根时报》文化版面的一个通讯记者，原来他和一些同事来这儿参加一个研讨会，他问我在这儿干吗。哎，我该怎么说？我答不上来，我能说的就是，什么也不干，这可能就是我真实的回答吧。“我在给下一本书做笔记。”我对弗洛德·比尔科斯特朗德说道。这个回答让一切问题变得简单了，和他聊了几分钟，我继续往前走。但我总感觉有什么地方不一样了。有种计划被毁了的感觉。做一个陌生人的计划失败了。我不能再变成别人了，就在刚才短短的几分钟里，我被熟人偶遇，立刻打回了原形。

走过让·巴蒂斯特大街那扇门的人是我，不是别人。门里满是烟酒味，在皮嘉尔广场前头有家叫“星”的酒吧，吧台边上坐着两名女孩。一名女孩是黑人，她身穿紧身浅绿色上衣，衣服几近透明，双腿交叠，套着一条黑色皮裙，靴子齐膝高。她用吸管喝着可乐。另外一个女孩看外貌像是东欧来的，她一开口我就确认了她是乌克兰人。她说她叫薇薇安。这个薇薇安和我想象中的妓女不太一样，首先她的妆很淡，一头短发，长着一张颇像男孩的脸，生得很俊俏。从整体上看，她算是十分自然平常，唯独衣服有点不同寻常。她穿着一件皮草外套，半敞开着，我可以清楚看见她外套底下是光着的，她的身体就这么暴露在别人的眼皮底下。雪白的双峰和白皙的肌肤依稀可见。她突然把外套扣了起来，用手指稍稍拧了拧。刚看过她的身体，现在她却又把扣子系紧，这让我顿时有了想要她的冲动。“这儿有音乐。”我开始找话题和她聊。随后她讲了自己的故事。讲了她是如何从基辅辗转来到巴黎，本想来这里跳舞，跳芭蕾舞，但是后来丢了工作，也没找到别的去处，所以现在就到这里上班，反正只是暂时的，等有新工作就换。“你呢，”她问道，“你为什么在这里，没有女朋友吗？”

“嗯，”我回答道，“我有。我有过女朋友。”

她垂下目光，就像她扣上皮草外套时，我把目光放低的动作一样。几句话下来，我们算是认识了对方，于是便坐在酒吧里聊天吹牛。我和她走到一起不过是时间问题，我喜欢有把握的感觉，这种喜欢连我自己也有点吃惊。客人陆陆续续走进酒吧，大堂里的女孩慢慢多了起来，一个接一个轮流走出来，像是有一个无声的命令召唤着她们。男男女女凑在一起，耳鬓厮磨地抽着烟，像是在玩一场影子游戏。

“你叫什么名字？”我问道。她犹豫了一会儿，似乎在考虑是否要向我说实话，或者和往常一样，随便说一个方便工作的名字。过了一阵后她回复道：“你随便叫我什么都可以。”“我的名字叫薇薇安。”

“你试过吗？”她问道。

我摇了摇头。

“这笔生意估计要付很多钱。首先你得为我点的还有你点的酒买单，然后陪我上楼，所有其他的东西都是要额外收费的，包括房间、床单、毛巾，还有大衣的清洗费，这些东西都要另收。”她说。“你带够钱了吗？”她继续问道。

我点了点头。

“那我得好好地敲你竹杠，”她说，“如果你要我躺下来，得加一百法郎。如果你要我全裸，把皮草脱了，又要加一百法郎。如果你不想用避孕套，再加一百法郎。明白了吗？”

“等等，”我说道，“一般的嫖客都是怎么做的？”

“他们会事先和我谈好一个价格，先说自己的要求，要哪些内容，甚至把每分钟的细节都说清楚，然后和我商定一个价格。付多少钱就得到多少服务，不多不少。最快的是吹箫，这活儿快，而且最简单，不过掏钱的人可能会有上当的感觉。”

“你为什么告诉我这些？”

她耸了耸肩。

“我有个更好的建议。明天我全天休息。然后我想搞点正常的活动，非常正常。”

“正常的活动？”

“去餐厅里吃顿饭，顺便看场电影，然后兜兜马路。我一个人，”她说道，“不是说一个人就一定很孤单，但是我反正一个人，不如……”

“慢着。”我说。

“现在我会大声把我的价格说出来，”她说，“我会告诉你我值多少钱。你呢，就摇摇头说你没这么多钱，然后拒绝我的要求。我假装很生气，这样的话店员也会跟着生气。所以你得为我们点的饮料付一笔钱，之后我就把你扔在酒吧里，悄悄地在你火柴盒上写下我的电话号码，这个火柴盒可千万别弄丢了，也不能扔，记得明天早上打给我。”

“但是，”我说，“我是真的很想要你，立刻就要，地方的话这里就行了。而且我有钱，我付得起。”

我看得出她对我很失望，神情沮丧。好像我说错话了。

“听好，我的价格是两千法郎，”她说得很响，“这就是我的价，一分不多，一分不少。”

我绝望地摇了摇头，“太贵了，这价格实在太高了。”我回答得很响。她表现得非常生气，头也不回地把我扔在了酒吧里。

贾科梅蒂和妓女

伊伯利特市的曼东街46号是一间工作室。让·日奈[1]形容这家工作室的颜色为灰色，我觉得那儿的人和工作室的混凝土墙壁一样，也是灰蒙蒙的。据说阿尔贝托·贾科梅蒂就是一个灰蒙蒙脏兮兮的人，性格非常沉闷。他的衣服上始终沾着黏土和颜料，工作时爱穿一套灰色西装，并且从不忘记打领带。他非常看重自己的其中一件雕塑作品，他欣赏作品的目光和看模特的目光一模一样，在那种场合，他也系着领带。很多人拜访过那间工作室，但贾科梅蒂经常熬到夜里才离开那儿。出了工作室，他喜欢去四处参观，或是逛逛夜店，也可能去妓院溜达一番。但他从不换衣服，就算出门潇洒也喜欢穿着艺术家的衣服，他用装扮表明了自己生活的态度。他认为生活和工作，或者说白天的生活和工作，又或是艺术和工作，其实都没有本质差别，所有的这些都可以是工作，就连去妓院也是工作。因为他是艺术家，艺术家的工作包含了一切：从早晨醒来的刮胡子、系领带，到在画架前对着模特和雕塑坐上几小时，再到接待访客、聊天，以及工作后去咖啡馆消磨时间，还包括去城里散步、吃晚饭、喝红酒、一根接一根地抽烟，所有这些都属于贾科梅蒂辛勤工作的内容，所以他的工作一刻都没有停歇过。即便如此，他却从不休息，不论是找人寻欢作乐，还是抽烟、做梦，或是写作、写生、油画，甚至交谈、听人说话、观察世界、提笔记录等，都被划入工作的范围。他无疑是个工作狂，却不知为何对特定的女性具有强烈的吸引力，或许是因为他天生就爱女人，毫不掩饰对女人的崇拜，又或许是因为他身上存在某种特质，令他神采奕奕，而这种特质无法体现在他的照片上。当我们看见亨利·卡蒂埃–布列松[2]给贾科梅蒂拍的照片时，不免会觉得有些意外，因为从模样来说，他压根称不上帅，无非就如人们所描述的那样，个性沉闷乏味，样貌灰头土脸。他有一件雕塑作品和自己很像，神情紧张、身材瘦弱，脑袋显得很大。或许，贾科梅蒂的这件作品本来就是以自己工作时的形象为蓝本创作的。他大概用了自己的形象做参照。毋庸置疑，贾科梅蒂是个极端的案例，至于是弟弟迭戈·贾科梅蒂参照哥哥的画像创作出半身像，还是哥哥参照弟弟的半身像创作了画像，恐怕无从判断。但不论如何，每回看到弟弟的半身像，就会让人想起哥哥，阿尔贝托·贾科梅蒂。

他看着自己的雕塑陷入了沉思。他说："有点怪，是不是？"

这个词贾科梅蒂经常使用。他自己就是个怪人，喜欢徒手抓起乱蓬蓬的灰色头发，本来安妮特给他理得很整齐。除此之外，他会时不时提

1 让·日奈（Jean Genet，1910—1986），法国诗人、小说家，也是荒诞派戏剧的著名代表作家之一。

2 亨利·卡蒂埃–布列松（Henri Cartier-Bresson，1908—2004），法国著名摄影家，决定性瞬间理论的创立者与实践者。被誉为"现代新闻摄影之父"。

一提灰色长裤，这条裤子总在不知不觉间垂到鞋面上。

他 当我在马路上撞见妓女时，就算她裹得再严实，在我眼里她还是妓女。可只要她出现在我的工作室，即使赤裸地站在我面前，我也会把她看作女神。

我 对我来说，赤裸的女人只不过是一个不穿衣服的女人而已。我不会为此所动。我自然也不会把她当成是女神。你的雕塑作品在我眼里就像你眼里赤身裸体的妓女一样。

他 我想把我眼中的她们展现在大众面前，你觉得我做到了吗?

让·日奈看见赤身裸体的女人时，没有任何激动的情绪，但看到贾科梅蒂的雕塑后，他犹如见到了神物，并说："如果你把雕塑放在房间里，那这个房间就是一座神庙。""神圣"是在描述贾科梅蒂的女性雕塑时常常被使用的一个词语，但这些作品都只不过是他给妓女画的画像而已。贾科梅蒂非常喜欢逛妓院，而且是定期地逛，即使在他步入婚姻之后，这个习惯也未能改变。他从早到晚地工作，下了班便会出门逛逛，直到早晨才回家。有时，他会搭计程车直接回工作室，可能一个人，也可能跟着一个妓女。下午两点，他醒了。吃过东西后又继续工作。他曾经给路过的男人做过雕塑，他们或许正在去妓院的路上，女人则站在雕塑的底座上，典型的贾科梅蒂女性形象。雕塑中的男人总是一副走路的模样，女人则总是保持站立的姿势。她们站在街角或门口，就同他深爱的母亲一样，脸上面无表情。不过他的母亲喜欢站在门的里侧，她喜欢待在家里，坐在屋子里深居简出，好像在守候着什么人。在贾科梅蒂的一生中，母亲是爱和安全感的象征。他母亲的名字是安妮塔·贾科梅蒂。而阿尔贝托的妻子则叫做安妮特·贾科梅蒂。令人惊叹的不仅仅是名字上的相似，她俩之间的关系还非常亲近。在贾科梅蒂的艺术中，她们都被放在边缘的安全位置，而妓女则是贾科梅蒂艺术世界的中心，因为贾科梅蒂一有空就会去找妓女。诗人雅克·杜宾[1]是贾科梅蒂的一位朋友，他写道："他怀念过去的妓院。我想，这些地方在他生活中扮演了很重要的角色，在那里留下的回忆至今仍是他生命中重要的组成部分，我想这点应该要提一下。他赋予妓院一种近乎神圣的色彩。他跪在地上，朝着面无表情的女神走去。在他的雕塑中，他制造出一种创作者和观赏者之间的距离，这种距离或许也存在于他和那名裸体的妓女之间。每件雕塑似乎都可以追溯到——或者说起源于——一个遥远而深沉的夜晚，有种几近死亡的感觉。望着雕塑，仿佛看到妓女重回那个神秘的夜晚，那个夜晚由她主导。他站在沙滩上，望着她越变越小，而她刻在他心中的印象却越变越深，这就是他们之间的距离。我很想知道，妓院难道不是一个暴露女性创伤，将女性囚禁于孤独中的地方吗？难道不是女人挣脱她为人所用的特质，重获纯洁的地方吗？"

如今，贾科梅蒂很可能会被贴上嫖客的标签。但更多时候他会被称为一名伟大的艺术家，他的确是一名伟大的艺术家。但令人反胃和不安的是，他伟大艺术的创作灵感来源，却是我们嘴里不道德的行为。不过在二三十年代的巴黎，逛妓院并非什么怪异的举动，妓院只是被看作充

1 雅克·杜宾（Jacques Dupin，1927—），法国诗人、艺评家、学者、画廊总监。

满异域风情的夜店而已。西蒙娜·德·波伏娃[1]在她的回忆录中对贾科梅蒂最爱的妓院，也是最著名的妓院斯芬克斯，做了这样的描述："那天晚上，咖啡馆打烊以后，我们一伙人去了斯芬克斯，我也跟去了。在图卢兹-洛特雷克[2]和凡·高的影响下，我想象中的妓院是一个充满诗意的地方，那个地方果然没有让我失望。里面的装潢，比圣心教堂的内饰更加乏善可陈，妓院里灯光摇曳，半裸的女子套着宽松的彩色束腰外衣。那儿比愚蠢的油画和集市上的货摊要好多了，不过兰波对集市偏爱有加。"这段对著名教堂和妓院内饰的对比令人震撼，这让我回想起乔治·巴塔耶[3]在《有罪者》中写过的一句话："我觉得真正的教堂是一所妓院，妓院是唯一一个让你想解脱却不得的地方。"肉欲，不是用来满足的，而应该细细探究、细细描绘，是一门艺术。"长久以来，我一直希望能写点有关妓院的东西，还有关于排泄和手淫的回忆片段。但光这些没法凑成一本书，"贾科梅蒂在日记中写道，"我还想写一九二三至一九二四年间，我在巴黎为了找一个妓女，梦遗时候说的胡言乱语。我好像对妓女着迷了。其他的女人都不存在，只有那些在马路上工作的妓女能吸引我，让我惊喜。我想看遍所有的妓女，认识所有的妓女，每到夜里，就是我漫长而

1 西蒙娜·德·波伏娃（Simone de Beauvoir，1908—1986），法国存在主义作家，女权运动的创始人之一。1949年出版的《第二性》在思想界引起极大反响，成为女性主义经典。1954年凭小说《名士风流》获龚古尔文学奖。

2 亨利·德·图卢兹-洛特雷克（Henri de Toulouse-Lautrec，1864—1901），法国贵族家庭出身，后印象派画家，近代海报设计与石版画艺术先驱，为人称作"蒙马特尔之魂"。

3 乔治·巴塔耶（Georges Bataille，1897—1962），法国思想家、评论家、小说家。

孤独的旅程的开始。”贾科梅蒂喜欢散步，他喜欢在巴黎的街头闲逛，画点素描、做点笔记。在路上行走的人似乎是贾科梅蒂绘画的原形，是他创作的蓝本和模特，这些人都处于运动的过程中，一边跨着步子，一边摇晃着手臂。他们是要去哪儿？走路的时候是否看见了什么？我们可以从画中认清他们的容貌，辨别他们出发的方向，他们似乎正在看别处的风景。贾科梅蒂的雕塑清楚充分地呈现了人和自然最基本的两种状态：运动和静止。

我在巴黎游荡的时候，会随意选择眼前的道路，漫无目的，仿佛是为了走而走，或是为了观看而走。在蒙帕纳斯大道顶端的一个街角，有名乞丐，他穿着白衬衫和西装，快四十岁的样子，没刮胡子，蓄着短发。起初我被吓了一大跳，他竟然长着和我一样的脸，这使我不得不停下脚步端详起来。就这样，我站在原地，脚好像挪不动似的。他在胸前端着一个纸杯子，既不卑躬屈膝，也没有乞求的样子，反而有点趾高气扬，带着一丝挑衅，张扬着自尊。纸杯里没钱。因为焦躁，我开始摇晃起来。我要不要走过去，往纸杯里放点钱呢？这么做会让我感到惭愧吗？我站在原地继续思考着。抽完一根烟，我往前走了一步，然后又退了回去。我多希望自己没有认识过这个男人，那样我就可以勉强离开，跟着来往的路人往前走。只见面前经过的这名路人穿着高跟鞋和短袖衬衫，她的胳膊下夹着一个文件夹，没过几百码的路程，便被一名陌生男子拦住。他不知是询问，还是同她说了什么，反正他们像开会似的在那儿站着。过马路后，我还看见他递给她一张名片，这让我有些焦虑。接着，我走进最近的一家大商店，是一家叫FNAC的书店。书店一楼是黑白照片展，展出的是玛格丽特·杜拉斯的公寓和房子，那儿是她的私人空间。“待在房子里才会叫人孤单。孤单不在屋外，而是在屋内。我的花园里有鸟和猫。有时还会出现一只松鼠和臭鼬。在花园里，我不感觉孤单。但进了房子，我就成了孤家寡人，我的他便彻底消失了。”这就是玛格丽特·杜拉斯所理解的孤独。照片中的房子里有她的朋友和情人，还有书、灯、桌子、椅子、镜子、地毯陪着她，写字桌的中间放着一部电话机，旁边是一个威士忌酒瓶，酒瓶上方是写字灯，周围散落着好几沓稿子。这是她的工作桌。照片里有写字桌、烟灰缸和一盒香烟，烟壳上写着吉坦尼斯的字样。整张照片看不见任何坐着的人影。无论哪张照片都是如此。但她当时应该就在那个房间里，这位女性作家的的确确地住在那些房间里，住在那栋房子里，可为何照片上看不见她的身影？是离开了吗？还是死了？虽然她没有出现，但我们却能看见她周围的一切事物。离开书店，我买了两本书：《写作》和《这是全部》。我把书塞进西装口袋，走回大街上，继续朝大道闲逛。我突然想找个地方坐下来，写封信。在马路沿街的咖啡馆里坐了半小时后，我发现自己没法集中精神，幻灯片式的风景让我目不暇接，熙熙攘攘的人群从我眼前走过。于是，我走进最近的地铁站，搭地铁到波索涅站下车，然后从容地走回马萨林街的酒店。我住的是里尔酒店，每次一个人来巴黎，我都会住那家酒店。我的房间是二楼的6号房，位于大楼的角落，窗外是十字路口和一家装着大窗户的酒吧。穿过那扇大窗户，我可以看到那些买醉的人。这幅景象简直就是我儿时经历的翻版：从西托尔大街的客厅窗户，我可以俯视招待所的窗户，我看见那里面的灯和桌子、玻璃杯和人，那些人就像影子戏里的角色，而招待所就像一家木偶剧院，无形的父亲拉扯着木偶线，让木偶的手依照自己的旨意来回抬起，指挥他喝酒、抽烟、打架，教他做个男人，做爸爸的好男孩。我把窗帘拉起来，打开房间的窗户，把椅子放在窗帘缝的位置，假装坐在剧院的第一排。你或许会说，我是木偶戏的旁观者，但我会说，这是一出根据《霍夫曼的故事》改编的午夜表演，配着奥芬巴赫的音乐伴奏，士兵在嘉年华列队中走进酒吧。这出戏讲的是关于一封信的争吵，信里讲述了一个女人的情爱，或者那不叫女人，只是一个木偶罢了，提线木偶，或许是一名妓女？他们崇拜这个木偶，颂扬她的工作，并称之为艺术，而她最后竟成为一台爱的机器，他们用这台机器制造了战争，散布虚伪的信条，重复上演这些戏码。每晚都是一样的动作，一样的台词，一样的表演：剧院。木偶。酒精。咕嘟！咕嘟！咕嘟！咕嘟！我的啤酒。咕嘟！咕嘟！咕嘟！咕嘟！我的啤酒。我的水汽让玻璃杯发着银光！啊！我用神圣的液体给玻璃杯贴上金箔！啊！咕嘟！咕嘟！咕嘟！我们是人类的朋友。我们驱赶无聊和悲伤。咕嘟！咕嘟！啊！从窗口我可以看见吧台，还有吧台后面一个女人的上半身，可惜她的头被挡住了。坐在靠窗桌台边的人没有腿。我既听不见音乐也不知道里头的人在说什么。要不要下去呢，要不要出这扇门，然后下楼，过这条马路，再走进酒吧？要不要拉开酒吧的门，找一找我刚才看见的那些脸、手、腿，还有那些发着声音的人？要不要试着把这些碎片拼成一个整体，还原现实，组合成一个人呢？算了。我不如就坐在窗边，观赏这片风景为好。在这家酒店里待的每一晚都是如此，今晚也不例外，而我的工作便是和这场演出保持一定的距离。感觉来了，我想写点东西，确切地说是一封信。倚着窗边喝酒，这感觉太美妙了。我点上一根烟，让思绪飘到窗外，在街上浮浮沉沉，穿梭在这座城市里，在一扇扇门边徘徊，然后在楼梯间上上下下，像影子一般搜寻着某样东西。我的影子代替我生活，他们模仿我的声音，盗用我的姓名。慢慢地，他们开始对我的生活驾轻就熟，不仅穿着我的衣服，还模仿我的举手投足，将我所有的习惯都拷贝得一模一样。坐在客房的窗边，我继续抽着烟。我看着他在这个城市里游走，搜寻着某样我不想承认的东西。他似乎得知了我的秘密，窥探到我内心深处的脉搏和最阴暗的欲望。然而，他却想利用这些，转化为一种引擎装置，或者是某种机制、某种动力、某根似弹簧般的工具，好将自己像上了发条似的冲到我本不该走的街上去。他站在门的外侧，一边等，一边抽着烟，自律又自信，没有任何疑虑。是的，他从没有疑虑，他为何要有疑虑？他想走进那扇门里，走上楼梯，进入她的房里。他排着队等候，随后低头看了看腕表，心里数着分秒，却全然没有时间的概念，只是机械地数着。一、二、三、四、五，一遍又一遍不停地重复着。正数到三的时候，她和一个男人下了楼梯。他的脸上写着等待两个字，和影子握了手，还简短地打了声招呼。他们认识彼此吗？不，他们不认识，怎么可能认识呢？他们只是机械地同彼此问好，互换位置罢了。在他踏上楼梯时，另一个他便自然地走下楼。就连她脱衣服的姿势都和他刚刚穿衣服的姿势别无二致。如此脱了又穿、穿完又脱的动作，仿佛在按按钮，只需让手指按着皮肤上的开关便能无限重复。开关莫非是她身上的胎记？还是她的乳头？不管是什么，那只是你挤按的一个肿块罢了。接着，她张开嘴巴说道："让背叛死亡。"他跟着她重复了一遍，然后用尽全力按在她肚脐的肉瘤上，这个肉瘤是伤疤吗？是割伤所致还是被人故意切开？他看见她亮红色的皮肤上长满了皱纹，像一个用针线缝制而成的布偶。“让谎言死亡。”他一边说一边往前弯着腰。我看见窗帘背后的影子在移动，我住着的这间房间，看起来和酒店里的其他房间差不多，都有一扇窗、一张床和一面镜子。其中我最喜欢的一点是：房间里的每件物品都和其他物品长得很像。这样的房间没有失去，没有死亡，没有爱，也没有悲伤，有的只是重复和生命。回到现实，坐在窗边抽烟的感觉太棒了。我还清楚记得第一次来巴黎的情景，那一切仿佛就在昨天。当时我才十七岁，我的初恋女友陪我一起来到巴黎，当时的她只有十六岁。那时候，我们交往刚刚满一年。我不明白父母为什么会允许我们一起旅游，他们竟然会放我们走。十六岁和十七岁的我们坐火车穿越了欧洲，第一趟车是从卑尔根开往奥斯陆，接着又上了从哥本哈根到汉堡的夜班直达火车，到汉堡后，我们又换了一辆动车，这列火车在德国境内疾驰，夜以继日地穿过了平坦的德国大陆和比利时小国，最后跨过法国边境，在一个夜晚到达了巴黎火车北站。当时天色已暗。我们对巴黎一无所知，之前只在杂志和书本中读到过巴黎，但这些就足够了，足够让我们对巴黎着迷。我们到了巴黎后，搭地铁来到了拉丁区，在圣米歇尔站下了车，然后走了一百码，终于找到一家叫圣赛芙韩的旅馆。这家旅馆只有一星，双人房一晚要四十八法郎。价格不错。只不过，这家旅馆已经没有空房间了。前台毫不避讳地对着我们打量了一番，难道我们看上去很小吗？当时我们已经饥肠辘辘，疲惫不堪，不仅衣服脏，眼神也非常迷茫，带足了钱的我们几近绝望。总之一定要找酒店睡一晚。“你们的房间和其他人的不一样，”前台说道，“通常情况下我们不会对外开放，这间房一直是给常客预留白天使用的，不过今天晚上你们可以住一晚，明天一早再给你们换房间。我这么做是在帮你们的忙，欢迎你们来到巴黎。”他给了我们一把钥匙，对我们礼貌地鞠了一躬，整得像是我们犯了重大错误似的。房间在顶楼，我们坐电梯直接上了五楼。全程我和女友都十指紧扣。“我打算去楼下买瓶红酒，再买点长棍面包，然后回房间庆祝一下，庆祝我们成功抵达了巴黎。”我说。“我知道。”她说。我们费力地把背包扛了上来，接着打开门锁。房间很大，一片红色映入眼帘。红色的灯光，红色的墙纸，墙纸上爬着红玫瑰花。地板上铺着一条深棕色的地毯，双人床上罩着酒红色的床罩。床上方的天花板上挂着一面大镜子，将整个床的视觉感放大了。床的左侧墙面上有一面长方形的镜子。躺在床上仿佛像躺在一个红色的盒子里，而在这个盒子里，你能从各个方向和角度看见自己。我们站在门边，似乎都不愿意跨入这道卡在我们和房间之间的门槛。“这房间不行，”她说，“我们不能在这里睡觉。”我抱了抱她，算起来这还是我第二次抱她。“可我们只能在这里睡了。”我说。我们只好把灯关了，屋里一片漆黑。她摇了摇头，我能看见她在颤抖。“你知道这是间什么样的房吗?”她问道。“嗯，我知道。”我说。“我们可以开窗，坐在窗台上，这个房间的视野应该很棒，反正只住一晚。”我说。“我现在要下楼去买酒和吃的东西，别忘记我们是在巴黎了。”我说。“我知道。”她说。“除了我，任何人来都不要开门，”我开玩笑地说道，“我会敲三下门。”我跑下楼梯，冲到大街上，马路上人来人往，窗户里透着五颜六色的光，街上熙熙攘攘的全是人，每个人都在走路。我穿过一条小河，夜晚的巴黎到处都开着门，餐厅、酒吧、商店和烟杂店，无一例外。我买了一点吃的和喝的，然后把东西塞进纸袋子，匆忙回到了酒店。当时的我满心兴奋，恋爱中的人的心情总是如鲜花般盛开。在这里，我和她不再是原来的自己了，因为我们来到一个陌生的城市，一个繁华似锦、入夜沉沦的城市，那就是巴黎。我在门上敲了两下。“是谁？”她问道。“是我，我在这儿，约好的时间到了。”我假装用一种更低沉的嗓音说道。她小心地开了门，红色的光线照在房间里，她换好了衣服，盘起了头发。“我不能放你进来，”她说，“我在等另外一个人。他说好敲三下门的，我很忙，而且已经约了别人。”“是我。”我说道。“你是那位叫让的朋友吗？”她问道。“是我。”我说。“你敲了两下，”她说，“我没认出你的声音，进来吧。你是谁对我来说无所谓，叫什么都行。”“我的名字叫让，和外面的人一样，这是我们说好的。”我一边说一边走进房间。她把床罩从床上拉了下来，露出了白色的枕头和床单。“我来之前有别人来过吗？”我问道。“今天晚上很安静，你走运了。”她说道。“嗯，我看也是这样。”我说道。“你多大了？”“我十六岁。”她说道。“十六岁，还没成年，你是新来的？”“我是刚刚来的。”她说道。“那你是第一次吗，还是？”我问道。“不是，不是我的第一次，你今天算走运了。”“你这么说好像你有经验似的。”我说。“十六岁就已经成熟了，这是所有男人都渴望的年纪，再好不过了，你说呢？”“我不这么觉得，从爱情的角度思考年纪的话，我比较希望和自己所爱的人同年。”她说。“那如果你爱的人比你大，如果他在你之前有过很多女人呢？”她垂下目光，我可以看见她在脸红，脸上渐渐起了红晕。

她是个很容易脸红的女孩，这也是我喜欢她的其中一点。“我现在只爱着一个人，”她说，“他和我一样，同龄，而且他爱的只有我。”“你可不能太自信了，”我说，“他或许还有其他女人，只是你蒙在鼓里罢了，这种事情以后不能这么肯定。”“如果你觉得他除了我心里还有别的人，”她突然生气地说道，“那我从现在起再也不见他了。”“从现在起？”“从现在起！”她说。“我们说的这个他，是别的人，”我说，“设想一下，他现在的女友比他的第一任女友更漂亮，身材更惹火，而且精力旺盛，喜欢搔首弄姿，不像第一任那样犹豫、天真。”她又脸红了起来，但这一次是因为她生气了，脖子和脸颊上泛起一阵美丽的红斑，像疹子，之前我从没见过。“你的意思是，他喜欢这个妓女胜过他女朋友吗？”她问道。“这说不准。”我说。她坐在床上，我可以看见她的眼里有泪水打着转，这是一个危险的游戏。我有想过停止游戏，但就在那时她突然伸出了手。“那我想要钱。”她说，“我想看看，你预备对一个十六岁的荡妇付多少钱。只要你要求，她可以一边飙脏话，一边张开腿来满足你。”“我一分钱都不会付的，”我说，“听我说，我们不玩这个愚蠢的游戏了。都怪这该死的房间，我一点也不喜欢。”我说道。“但是我喜欢，”她说，“我想看看你有多少钱，通通给我，快拿钱包出来。”我走到她身边，想拥抱她，但她却一把将我推开。“别碰我，”她声嘶力竭地惨叫道，“除非你付我钱。”“那我首先要验验货，”我说，“先看到你的裸体，然后再告诉我，你可以做什么，这样我才能知道你值多少钱。”她犹豫了，眼睛死死地盯着我。我站在她身旁俯身看着她，我不知道她的表情里藏着的是轻蔑还是欲望，很难分清，但这个表情不像以往的她，至少我从没见识过那样的她。她猛地从床上站起来，似乎心意已决。接着，她走到窗边，脱下短裙。她竟然底下什么也没穿，然后她解开衬衫的扣子，丢在地上。接着她爬上桌子，面朝我张开腿。“你干什么都行。”她一边说，一边朝我撅起屁股，然后对着我抬上抬下，速度很慢。我不知道她是从哪儿学到这些动作的，是她从别的地方看到的吗？或者说，这全是她自己领悟出来的，是她从身体的某一个陌生、神秘、年代久远，并且危险丛生的地方得来的灵感。现在，她把手放在私处，慢慢张开手指，然后把中指推入两瓣阴唇的中间。接着，她开始对自己手淫。她张开嘴，把舌头伸给我看。“我在这儿，”她说道，“我就是个婊子，你的婊子，我想看看你有多少钱，全给我数出来。”我把口袋里所有的钱都掏了出来，一百，两百，三百，总共三百六十五法郎。“这点钱不够。”她大叫道。“可这是我所有的钱。”我说道。“还有你的包，”她说，“把挪威克朗也拿出来数一数，让我看看自己值多少钱。”说完，我便走到她身边，我本意是想让她停下来，抱住她，她却发出了尖叫。“除非你把钱给我看，否则你如果再靠近我、碰我，我一定会叫得更响。”无奈之下，我只能把包里的东西倒了出来，然后把所有钱都拿出来，那是我紧急备用的钱，一共有几千挪威克朗。我把最面上的一张钞票递给她。“这点不够。”她说。她爬到桌子上，背对着我，弯着腰，手指依旧放在她的双腿之间。一刹那间，我变得疯狂起来，像是失去理智，不再是原来的自己，而她也不再是原来的她，我们仿佛被别人附体了，再回头却为时已晚。终于，我们已经跨越了红线，我不知道现在刹车还有没有可能。我深知若任由事情这么发展下去，我们迟早会失去彼此，但我想归想，却忍不住掏出钱，放在她身下的桌上。两千、三千，“三千三百六十五，”我说，“请收下。”我的语气像是乞求一般，恳求她接受我。“有点多了，”她说，“三千差不多够了，这点够了。”我听见她走过来的脚步声，她耸了耸肩，然后抖了抖肌肉，接着跪坐下来，转过脸面向我说：“现在可以上我了。”

兰波的路线

一间酒店客房。亮着灯，纯洁、干净，充满了如此多的回忆、故事和梦，也包括你的梦。你睡下，又醒来。坐在床上说：哪儿？什么时候？谁？早安。一个人。阳光、窗户、门。阴影、树、楼下的街道、十字街头。这是一间好房间，一间明亮整洁的房间。你听着隔壁房间里的声响，脑海中想象着一个男人和一个女人的画面。我打开门，看见一名身材结实的男子从隔壁房里走出来，他穿着西装，应该有点年纪了。他的身后跟着一个年轻人，那人穿着一整套的工作服和工人衬衫。我猜测他们是一对情人。我听见了他们的声音，沉重的呼吸声压着另一个较为轻柔的声音，轻柔的躺在沉重的身下，像一部音乐作品，用爱的叫喊编织而成，不能自已，忘我地呼喊着：啊，太棒了，好棒，还要，还要，我好喜欢。当我从楼道里探出脑袋时，年轻人和年纪稍大的男子礼貌地向我问好。仿佛在换了衣服后，他们立刻替上了新的身份。他们身上穿着平日的服装，一副商人和技工的打扮，一前一后地下了楼梯。走出大街，他俩握了握手，随后就分道扬镳了。而我又要去哪儿？噢，我要离开这座城市，离开巴黎，回到夏勒维尔-梅济耶尔停着的车里。我把手稿收拾好，放进背包，然后在接待处的早餐间里喝了一杯咖啡，缴完房费，便开始出发。我把这条路线称为兰波之路。这个词出自马可·绍洛坚科的小说集《兰波之路的诱惑》。诗人阿蒂尔·兰波出生于夏勒维尔–梅济耶尔，他在母亲和三个兄弟姐妹的陪伴下长大，十五岁时第一次离家出走。他出逃过好多次，大多都是去巴黎，第一次离家出走去的便是巴黎。按照惯例，他总是步行来回，行路如风，头戴帽子，嘴叼烟斗，身披一件穿旧的短上衣，蓄着长发，而且他腿长步子大，俨然一派波希米亚的野人形象，似是一个反叛者，又是一名诗人，或是一位空想家。“我把这些话说给你听：诗人必须是一个先知，或者必须把自己变成一位先知。通过将所有杂乱的感觉进行有序、漫长的整理，他就把自己塑造成了先知。他要在身上仔细思索爱、痛苦和疯狂的所有表现形式，吞下它们的毒药，直到品尝出其中的意义为止。”这是兰波在他寄出的诸多令人叫绝的信件中的一封，以证明他在十五岁时心智就已成熟。“现在，我要尽自己最大的可能，过狂放无忌的生活。为什么？因为我要做一名诗人，同时竭力将自己打磨成一位通灵者：您根本不会理解，我恐怕也无法向您解释明白。这说的是如何打乱身体的感觉与意识，以达到他人不可知的状态。其中所遭受的痛苦必定骇人听闻，尽管如此，我却必须这么做。因为我要成为一名强者，而且天生注定是诗人，至少我认为我是诗人。我不可能搞错这一点。说我在思考，那是错的。正确来说是人们在思考我。”

“我是别人。”

“木材自认是提琴，那有什么办法。头脑简单的人，他们对自己全然无知之事妄自吹嘘，活该！”

更早的时候，在1870年11月2日，他给亦师亦友的乔治·伊桑巴尔写了一封信：“我快死了，身体已经开始慢慢腐烂，即将堕落成一个庸俗、卑鄙、乏味且闷闷不乐的人。怎么办，我本来下定决心，要唤醒身体里积聚的自由之魂……于是，我再一次想到了出发，这似乎行得通。我可以把穿过的新衣服和手表都卖了，如此我就能同自由常在！但我没有走！我没有上路！我只是时常萌生出离开这儿的念头。好吧，不如现在就戴上帽子、穿起外套，双手插兜出发吧！走着！”

很少人像阿蒂尔·兰波那样走过这么多路，他是一名耗尽双腿之力的诗人。三十七岁时他的右膝出了点问题，必须截肢。因为他从十五岁起便一直行走，足迹遍布法国、比利时、英国、意大利和非洲。据说他步行时会带着篷车，而其他人都骑马，兰波这么做是想让驴子和骆驼省点力气，所以选择走路。行走成了他的生活方式，他不只是幻想家和诗人，同时还是一位冒险家、探险家、军火贩子、摄影师、制图师，一个让法语重现生机的人，甚至是一名漫步者、一位流浪汉。

> 看够了。色相在空气中处处遇合交会。
> 也够了。城市的喧嚣、黄昏，直到永远。
> 知道得够多了。生命的中止，多次停顿——啊，喧嚣和色相！
> 在新的情爱和音响之中，出行远去！

这首《出行》节选自诗歌集《彩画集》，是兰波在二十岁和诗歌告别前的最后一部作品。十九岁时，他完成了《地狱一季》，这部作品让他登上了法国文学界最具分量的诗人的殿堂，其中有许多诗歌都是在罗什完成的，那里是他母亲的出生地，位于武济耶以北，地处夏勒维尔一个阴暗的小村庄内。徒步四天后，我终于到达了罗什。这地方在巴黎的北面，穿过香槟产区，再经过兰斯，接近傍晚时我走进了这座村庄。我先四处打听了兰波的房子，随后在一个十字路口找到了他的住所。那是一栋两层楼的砖房，绿色的百叶窗紧闭着。兰波就是在这栋房子里走出第一个台阶，他一边作诗，一边踏着步子，踩着重重的节拍，狂吼哭泣。这让母亲感到害怕，夜里她会被兰波吵醒，但当他要把写的诗印刷出来时，还是母亲付的费用。她努力读他的诗，却一点也看不懂。她问儿子这本书该怎么读，他回答道，就照着字面意思读。"虚弱无力之人和老人是如此可敬，他们在乞求别人将他们下锅煮沸。"这是写给他母亲看的吗？她不会是照着字面意思理解这句话的吧？待在罗什的大楼外可以轻而易举地想象出，母亲和儿子在房子里对话的画面。我站在花园的前门，看着门上挂的牌子。它向世界宣称，阿蒂尔·兰波就是在此处写下了《地狱一季》。就在那时，我突然想到，这栋年轻母子共同居住的房子，或许就是我要寻找的出发点。年轻人非常叛逆，他曾打算离家出走，去过自由自在的生活，可以随意写点东西，享受狂野而又富有诗意的生活，或者只是想出去看一看，走一走。这就是所谓的兰波之路。

而我则用自己的方式走出了一条路，这段行程并不短，可也不艰难。当我开始踏上这条路，站在罗什的房子前，我便把自己称呼为一名作家。夜色降临，我得找个地方歇息。继续沿着我的路线往前走，天黑了，我问自己怕不怕。不，我不害怕，我已经习惯了黑暗，习惯了风餐露宿，但黑夜中的行走和日光下的行走确实不同，不只是因为没有了光，而是因为所有的事物都变得更加清晰，高耸的树木和树上的枝叶在风中沙沙作响，大石块上的裂缝和洞眼、树林中的空地、大自然的声音还有乡村的轮廓，在夜幕降临后，都被我看得更真切，听得也更清楚。我在遇见林中空地和小溪之前就听到了它们的声音。它们在我面前慢慢露出脸，声音和声音之间的距离慢慢扩大，渐渐安静下来，不，应该是变得平静了，越来越平静。我的眼前是一片寂静的林中空地。我不仅可以听见它，还可以感受到它的存在，仿佛正慢慢置身于一处特别的地方。这里确实很特别。我现在能看见它了，在这片空地上有一池死水，平静的水面背后有座小礼拜堂和一条小溪。石头的蓄水池里盛着平静的水，看上去像一个十字的形状，宛若两条交叉的手臂，我弯下腰喝了口水，发现这死水也并非那么平静，它从地底迸出，沿着地表下的细细管道流出来。我虽无法透视水的运动，但我能听见水流的声音，仿佛在地下发出了微弱的笑声。

我从未在任何地方感受过这般的宁静。

看来这就是我要睡觉的地方了。我找到一棵树，挺适合靠着休息的。于是我把夹克铺在地上当防潮布，然后头倚在树干上躺下来。从我躺着的位置，可以望见礼拜堂和那池水。纵然我非常疲惫，瞌睡不断，但不知为何竟无法入眠。或许是这里安逸祥和的静谧气息让我睡不了。这份静谧和美好扰乱了我的思绪，把我从睡意中叫醒，翻来覆去。意识到自己没法入睡，于是我坐起来点了一支烟。恍惚间我看见了蝙蝠，它们倒挂在树上聚在一起，然后朝我所在的方向俯冲过来。是好奇？它们重复着动作，然后绕成圈，在树上排好队形，朝着我的方向猛冲而来。一遍又一遍，慢慢接近我，越飞越近。说不定它们是想侦察我的情况，看看我是个什么东西？想知道我是谁？如果它们对我有了基本的印象，就会立刻飞走。这样我又会是一个人，是吧？我好像在等待，等待什么？现在我已经被蝙蝠侦察过了，接下来会发生什么呢？它们该不会把我的形象通报回去，然后派什么人或是什么东西来会会我吧？我盯着泉水发呆，想看清楚树林里的动静，不知是野兔还是狐狸什么的在动？不，这儿什么也没有。有的只是鸦雀无声，万籁俱寂。我应该从来没有像现在这么清醒过。对了，我包里还有一瓶烈酒，专门用来对付无眠的夜晚，现在正是派它用处的时候。喝完酒，抽了烟，我仍旧一点睡意也没有。究竟为什么睡不着？为什么不让我睡着？时间分分秒秒过去（是因为时间的关系吗？），黑夜慢慢淡去，消逝不见。我坐在树下看着它离去，等待着接下来要发生的事。可其实什么事都没发生。

所以我是无缘无故清醒着的吗？

在这个充满无限可能的地方我无缘无故地熬着夜？

我怎么会和没有发生的事联系在一起？

等待、思考。抽着烟，喝着酒，做着稀松平常的事情，好像一切都很正常。其实你本打算消失不见，甚至人间蒸发，但仍要表现出还想继续生活的模样，像是根本没有死的打算。你抽起烟，喝起酒，边坐边等，却不知道在等什么。

我叼着烟，抿了口酒，大声地自言自语起来：你这家伙现在待的是这世界最美的地方，毫无疑问。如此安宁、静谧、空空荡荡。这里会否是你一次又一次梦见的那个地方，自儿时起，直至青少年时期，这里原来就是你的梦想之地，是一个你从未到过也从未见过的地方，而此时竟出现在你的梦中。梦里的你不只认识这个地方，还对它很熟悉，这个你一心期待的地方，会不会在将来的某一天真的出现？是吗？是现在这个地方吗？踏破铁鞋无觅处，难道现在美梦成真了？这里会不会是通往死亡的地方？

我猛地跳起来。原先是坐着，现在突然蹦起来。我在想，如果当时我睡着了会怎么样？上跳下蹿的我心脏剧烈地跳动着，脉搏也很快，但血液却好像冻成冰块，浑身发冷。我的左脚开始慢慢没了意识，半条命都搭出去了，眼看就要走向死亡的边缘。我本能地拍了拍手臂，让四肢回一些血。然后，我套上夹克，把包背在肩膀上，匆忙从树林中慢跑出来，头也不回地往前奔，朝着小径的方向全力冲刺，终于找到了一条路，当时的感觉仿佛有人在后头追我，而我则像一个刚刚逃脱的人。逃出来后，我大步地沿着马路往前走。大清早穿梭在这片安静的田野上，看着四周美不胜收的景色，我一蹦一跳。路过一个山顶，山上好多树木，接着是一座教堂，然后是鳞次栉比的大楼，街道，小镇。阿门，真想睡觉。忽然瞥见一丛树林，我往狭窄的小径走，穿过桦树和杨树林，鸟儿和树叶在身旁拂过，虽看不见鸟儿的身姿，但能听见悠扬婉转的鸟鸣声，如天籁一般，这是大自然破晓前的疯狂一刻。

太阳不知不觉升起来了。我又看见了马斯河，这条河与我的旅行路线交汇在一起，与巴黎渐渐背道而驰。我的目的地是夏勒维尔，整段路程大概要花一天左右的时间。走完二十英里的路，夏勒维尔就到了。到那儿以后我要好好洗一把澡，然后开瓶好酒，美餐一顿。吃饱喝足以后，找一间不错的酒吧逛逛，喝够了就躺在舒服的床上睡一觉。除了休息，我还想写点东西。想坐在床边的窗台上，一边吃早餐一边欣赏公爵宫的美景。头顶的太阳低垂在路的尽头，我朝它走去，水面波光粼粼，鳟鱼跃出海面，把昆虫扑进嘴里，然后在水面上留下涟漪。宁静的马斯河像是我的故友，如今又偶遇上了。它又像是我的一位朋友，让人不禁开口问候：早上好，马斯；最近好吗，马斯？顺着这条河可以走到马斯畔努维永县，到了那儿，我就能吃上丰盛的早餐，有咖啡、吐司、果酱，或许还有半熟的白煮蛋。我边走边幻想自己吃着早餐，翻阅今日晨报的场景，餐桌上放着橙汁、奶酪、生梨、干白葡萄酒、一小块馅饼、蛋糕以及一杯苹果白兰地。一名提着鱼线的男子打乱了我的思绪，他站在河岸旁，死死地盯着水面。他的水桶里装了半桶水，用来储藏钓来的鱼，旁边放着一个小金属盒子，里面装着土和小蠕虫。他把虫子穿在钓钩上，晃了晃鱼竿，抛下水去。“早上好。”他的目光随着水面而动，静静等待着。他把帽子拉到眼睛底下，有帽子遮阳，便可以随时关注河面的动静。他的帽带上挂着钩子，苍蝇在他身体四周飞舞。他的肩上扛着一个钓鱼包，腰间系着一把小刀，以上这些就是他钓鱼用的装备了。除此之外，他还带了保温杯装的咖啡、午餐盒和一些烟草。若要问他的出现让我想起了什么，那便是渔夫的耐心。渔夫具有同作家一样的耐心，从这点来看他和我很像。作家的渔场便是书桌。想到他和我之间的相似性，我回了他一句早上好。一样的耐心。一样的专注。一样的期待。我很想友好地上去拍拍他的肩，但并没有这么做。多想回到写书的日子啊。

我能这么想是个好迹象。这说明我走的路是对的。回家的途中，这个带着鱼竿的男子总让我想起工作的事儿。我回想起坐在书桌前的那种快乐。桌上放着铅笔、钢笔、打字机。此外还有保温杯装的咖啡、三明治和我的香烟。好想回家。我的步伐渐渐变得平稳起来，慢慢地，我把虚无的影子甩在身后。太阳高挂着，空气纯净清透，没有云的天空让太阳把热气洒在地上，我不禁开始流汗。于是，我松开夹克和衬衫的纽扣。闻着向日葵和罂粟花的香味。道路变宽了，这儿原来是一条纤路，是马儿沿着河岸拉纤时走的路。河面上有船闸，每个闸门旁都有一栋小房子，像火车轨道旁的火车站，现在已经摇身一变，成了现代化的楼房。那儿有花园和篱笆，还有一条在防护网旁满地打滚的狗。看样子是一条洛特维勒牧犬。花园里种着百合和菊花。篱笆的后面，一家人在露台上享用早餐。花园的苹果树开花了，白色的花瓣从大树枝上掉下来，绕着树干围成一个白色的圈。你不用被狗吓到，它并不危险。一个看着像母亲的女人对我大喊：你要去哪儿？“我在回家的路上。”我说。“那你的家在哪里，看样子不像是这附近的人。”母亲说道。“我从挪威来。”我说。“你是一路从挪威走过来的吗？”这位妇人问道。没错，她应该就是这家人的母亲。我没有回答。她问我的时候，房子早已被我甩在了身后。

旅行是如何开始的？

旅行是如何开始的？我躺在沙发上看书，头下垫着两个舒服的靠枕，脚上盖着羊毛毯，三月的天凉飕飕的。外面下着雨，冷气把雨水结成了冰雹，像鼓点一般打在玻璃窗上。几缕阳光从窗外洒进来。十一点半的时候，邮递员来了。我能从窗边张望到他的车，只需要抬头就可以看到，来的一定是邮递员。这么说来，我的旅行是从沙发开始的。我本打算躺在沙发上，整个春天都不出门，不仅可以写点东西，还能坐在窗边看看外面的世界，这都是我最喜欢做的事。我想看结霜的叶子掉落在地上的样子，以及白雪盖住了花园草地时的景象，天气只不过暖和了几个小时，很好奇这些白雪是如何消失不见的。每次出现这样的情形，我都觉得像个奇迹，每年春天，大概三月左右都会发生这样的事。到了每月的十四号，鹡鸰就会飞来，每次我都会坐在屋里等它。不过现在来的是邮递员，刚好十一点半，我机械地抬起了头。邮递员的车正慢慢驶来，同往常一样，他会停在信箱旁。等邮递员把邮件投进信箱之后，我才坐起来。把手里的书搁在一旁，我离开沙发向外走去。空气有些阴冷，树间刮着微风，我沿着门廊的小道走到门前小小的柏油马路上，停在邮箱前，然后打开信箱取出邮件，这是一天中难得的激动时刻。原来是一封信，信的模样有些与众不同，信封有点磨损，看上去被很多人经手过，长途跋涉才来到这儿，信是从国外寄来的，确切地说是奥地利。波浪形的邮戳下，是一枚印着莫扎特画像的邮票。我很高兴。这封信是纳维·斯嘉寄来的，他是我的旅伴，现在人在维也纳。我泡了杯茶，加了点牛奶，放了一张莫扎特黑管协奏曲的唱片，一切准备就绪，我要准备读信了。

过了半小时，我定下了旅行的计划。首先要订机票，然后处理一些实际的工作，再把家人安排妥当。这次出门估计得有几个月，毕竟要去雅典找纳维。接下来的几天里，我们通过网络，找到了一个碰头的地点，名叫霓虹咖啡馆。我们用写邮件的方式敲定了见面的日期——3月18日下午六点。我的飞机会在下午四点三十五分降落在雅典。但事实上，我低估了从机场到市中心的路程，那儿的交通状况非常糟糕，马路堵得水泄不通。五点四十五分的时候我等不下去了，我挤到司机旁边，拍了拍他的肩，让他给我开门。我跳下车门，全速往雅典市中心赶过去。没多久我就找到了地铁，我问了问方向，然后根据指示上了车，按照他们给的建议，我下了车，然后往楼梯上跑，冲到一片开放式的广场。我看见的第一样东西是一个标志，这个标志告诉我，我找到了霓虹咖啡馆。咖啡馆在广场的另一边，正好是对角的位置，这让我喜出望外，心里乐开了花。在广场上站了几分钟，我看见路人的目光、开放式的广场、川流不息的人群和交通，以及一栋半圆形的旧式大楼，这一切在太阳下迎面而来，记录了我第一次去雅典的体验。

我到达时已经是六点十五分，足足迟到了十五分钟，看来纳维·斯嘉的第一杯啤酒只能独饮了。穿过广场，我走进咖啡馆，人们挤坐在厚实的木质桌椅旁。咖啡馆很大，天花板上吊着老式的水晶吊灯，装潢和一个啤酒厅差不多，但它提供晚餐服务，周围有一群穿黑色制服的服务生。大厅中央有一位上了点年纪的女士，她的身体很结实，坐在类似宝座一样的位子上，负责收银。在一张桌子旁，我看见了给我写信的那家伙，他在看书做笔记。桌子上摆了一杯啤酒，一包香烟。他穿着白色的衬衫，外面罩着一件蓝色的风衣。我发现，他好像有点晒黑了。整身行头看上去很帅气，牛仔裤配棕色皮靴，这次的旅行已经持续了三个多月，算是一路艰难地跋涉了整个北欧，无论高原低地、城市山区，他一直靠走路支撑到现在。走完北欧，就到了该做抉择的时候，究竟是回家还是继续往南走？他坐在维也纳的酒店房间里，思考这个问题，然后提笔给我写了这封信。我要去雅典见他吗？和他一起从德尔菲的北面步行穿过山区，去迈泰奥拉的修道院？从安塔利亚往南走，踏上那条著名的“利西亚之路”？和他跨越这段远距离的旅程，前往土耳其的南海岸？他的信让我感到焦虑、愤怒、紧张。症状来了，我已经做好了旅行的准备。

我穿上我的老行头，蓝色的羊毛西装，西装上印着银色的条纹，吉卜赛式样，里面配着黑衬衫，脚上是意大利制的轻便登山靴，黄色的小山羊皮，这靴子防水，质量一流，还有我的橘红色登山包，六十升大容量，放的东西不多，背起来挺轻的。我来了，现在的我又饿又渴，进了一家雅典的咖啡馆。纳维坐在其中一张桌子旁等着我。我们有好多话要聊。对我们而言，没有什么比坐在桌子旁边聊边喝酒、边抽烟边斗嘴更痛快的了。雅典是纳维最喜欢的城市之一，我不能理解为什么，我对这个地方的第一印象是嘈杂，这里的交通，外加我的计划不周，破坏了我对雅典的好感。但是纳维想带我到城里转转，换句话说，他想带我领略一下他眼中的雅典。所有的城市都可以用不同的方式展现不同的感觉，每个人都可以找到属于自己的地点，可以是带户外餐厅的小公园，可以是一条卖书的大街，可以是卖坚果和酒水的街口。在雅典卫城下方，有一块山中露台，从那儿可以看到整个城市的全景。这是一栋两层楼的房子，楼梯是旋转型的，很窄，上楼梯以后可以去到阳台。阳台不大，只塞得下一张桌子和两把椅子，我们点了肉丸、松香味西拉葡萄酒、奶酪还有半瓶茴香烈酒。雅典在我们身下仿佛是一片倒转的星空，屋子里、马路上还有汽车上散发的光芒，像发射的星星一般，兴奋地飞出轨道。我有想许愿的冲动。餐厅里有一台自动点唱机，我们走进去，投了一点硬币，点了一首伦敦东区古惑仔乐队的《让我微笑》，那几个乐手都是老光棍了。又点了安内特·皮考克的《天空中太多》，还有10CC的《我们为爱做的事》。我想听三都町的《安息》，我喜欢那支曲子，喜欢歌手的声音，喜欢那张抽烟的脸孔，喜欢他们年轻的脸庞。听歌的时候，时间仿佛静止了，我们俩成了第一次出远门的小伙子，无论看到或听到什么，无不露出惊叹的表情。旅行没有让我们变老，反而让我们年轻了。旅行使人困惑，因为它打乱了时间和年岁，我幻想自己换上新的眼睛，用年轻的双眼发现这个世界。旅行还破坏了我们的记忆，让我们忘记了许多过去，对于自己的真实年纪没有丝毫的印象，遗忘自己曾经犯下的错和经受的失望。我们选择旅行，是相信旅行会将我们带回青葱岁月，但实际上，我们只不过坐在这里做白日梦罢了。我们做着青春的梦，保持青春是旅行对我们提出的要求，是旅行带给我们的收获。旅行告诉我们，要用纯净的目光和年轻的姿态看待这个世界，用好奇和热忱的心态审视周围新奇的事物。旅行诱使我们相信，身体穿梭了时空，重返到青春岁月，这些恰恰是我们求之不得的事。旅行的魔力让我们觉得永续青春成为了可能，它对我们别无他求，只希望我们能忘记时间，尽情做梦。这并不难。我们只需要挑一个城市，找一个有音乐、有美景、有喝不完的红酒和茴香烈酒的地方就好。找两三个陌生人聊天，只要年轻就好，无论是衣着暴露的女孩，还是袋里揣着平装书的长发男孩，政治文学都可以聊。我们可以聊安东尼奥·葛兰西[1]、皮埃尔·保罗·帕索里尼[2]，我们可以回到逝去的时光里，找回过去。离开阳台，回到酒吧大厅，餐厅的中央已经开起了派对，大家在桌旁交头接耳，嘴里问着革命是不是还有可能？怎样算是反政府？谁来组织新的社团？他们说革命将从雅典开始席卷全世界，雅典是民主的摇篮，是变革的温床，是革命的故乡，但这场革命有本事粉碎美国的资本主义吗？他们都准备好革命了吗？他们是否赞成雅典的理想？这场革命不会就由一伙受了酒精蛊惑的年轻人在三月的一个星期四夜晚发动吧？“不，”我们回答道，“我们不是读过柏拉图的《会饮篇》吗？那不就是一本革命性的书吗，可是它有改变世界吗？”“没有。”我们回答道。“难道我们没意识到，柏拉图的《理想

1 安东尼奥·葛兰西（Antonio Gramsci，1891—1937），意大利共产党创始人。

2 皮埃尔·保罗·帕索里尼（Pier Paolo Pasolini，1922—1975），意大利著名电影导演。

国》错了吗？他在《会饮篇》里写的才是对的——所有的改变源自爱神艾洛斯，爱是革命的真谛。我们难道没有读过莎士比亚的《仲夏夜之梦》吗？这场戏就在雅典上演，盛大歌颂爱的力量。莎士比亚认可爱的伟大功勋，也同意爱才是人类的起点。而起点，总是和往常一样，会在雅典出现。”“那好吧。”我们说。我们就这么被苏格拉底、莎士比亚以及雅典的年轻人给说服了，相信了他们的言辞，突然发现，自己原来就身处在革命的中心，这里是变革的核心。没错，我们终于来到了雅典。这是一座青春之城，一座追梦者的城市。

快到三点了，灯关了又开。革命才刚刚开始，但餐厅还没有关门，遗憾的是，我们必须要向新朋友告别了。

“哎，我们去哪儿睡觉呢？”我问。

“到青年旅社里找几个床位，弄个八人间，像士兵一样睡觉吧。”纳维说。

“听起来很不错。按这说法我们的旅途似乎已经开始了。”我说。

“明天一大早，十点半，有开往德尔菲的巴士，就从那里开始，有一条翻山越岭的路线，那座山有两千五百多年的历史。我明早会在地图上指给你看。”

地图画得很浅显，但不是很精确。不过希腊的地图要比土耳其的好，土耳其的地图根本用不了，那种国家的地图都是军队说了算，他们决定你能去哪儿不能去哪儿，可以看什么不可以看什么。根据地图来判断，希腊要比土耳其自由，也更好接近。但是，同那些我们习惯四处乱走，地图画得更加自由、更加真实反映地理图貌，而不只是粗略估计的国家来比，希腊的确没那么便捷，氛围也没那么开化。

不过话说回来，最好的地图都不是买来的，是旅途中偶遇的人共同绘制而成的。旅途中偶遇的朋友往往都很乐于助人，他们提供的信息也更可靠。这在所有国家都适用。最优质的地图是靠语言和手势来传递的，偶尔需要用钢笔和纸片。不是导游的导游还会陪你走一段路，告诉你这条路在哪里开始莫名其妙地分叉，指给你看复杂难辨的弯道。有他的帮助，你对地形变得了若指掌，关于道路也能认得更精准。捷径也好，密道也罢，这些东西除了我们没人知道。那才是我们的路，我们的道，在地图和公路上纵横交错。

我们坐在客房的露台上，这家酒店是我们根据德尔菲的地图找到的(这里的地图由希腊军队地理服务局绘制)。从我们坐的高位，可以一眼望到伊泰阿的港口，还有科林斯海湾进入海峡的交汇点，这条海峡将大陆和伯罗奔尼撒半岛切开，然后与伊奥尼亚海的帕特雷海湾相遇。往左看，在我们身后，德尔菲的城镇爬在陡峭的山腰上，凌驾在城镇上方的，是阿波罗神庙和传神谕者过去居住的泉水区，令人有种高不可攀的感觉。到四千五百英尺的高度时，山峰变成高原的样貌，那儿有座山谷，一路通往爱普塔洛夫斯，这是我们步行的第一站。在那儿喝了点白葡萄酒，吃了羊乳酪和橄榄后，我们睡了一晚好觉。第二天我们起了个大早，继续启程，踏上了神庙之路。这条路将把我们带到德尔菲城外，进入山区。

夜晚很冷，天空繁星点点，睡觉的时候，我们把阳台的门开着，好习惯外面的温度。我们尝试靠睡袋和羊毛内衣睡觉，把毯子和高原步行衣盖在身上。没带帐篷和绝缘毯是因为我们俩都不喜欢把背包弄得很沉，不爱装太多东西出门。许多背包客喜欢这么干，但我俩属于超级自信的那类人，绝对不会把不喜欢的东西带在身上。这种古老简单的方法就能帮我们挺过寒冷的夜晚，但这也不代表我们就不觉得冷了。夜凉如水，冻得刺骨。为了在早上醒来时抵御寒冷的空气，为了在艰难的环境下不因为寒意而失眠，我们一致决定去商店采购羊毛帽和皮手套，再买一瓶威士忌。第二天起来，早餐还没吃完，天就开始热了。离开酒店的房间后，我们到城里散步。热气让我们忍不住脱衣服，外套、毛衣还有羊毛袜，这些都得脱了，毕竟身上都出汗了。关键的问题不在于冷或热，而是昼夜的温差太大。爬山的时候，温度慢慢攀升。到两千五百英尺后，温度居然上升了二十多度，而且接下去还会变得更高，让人酷热难耐。

太阳倒还是挂在低空中，光线很温和，我们从城镇往上走，找到了原定的路线。根据地图，我们会先经过花园和橄榄树树林，然后是红瓦片屋顶的石房子，接着到达第一座山丘。那儿的风景令人叹为观止，德尔菲以及通往大海、伊泰阿和科林斯海湾的山谷都被我们尽收眼底。在分叉口前面，我们选择了古老的神庙之路。路线从这里开始转移，脚下的小路慢慢成了步行道，大约有一码宽。山谷下的马路牙子比横在杂草和碎石中间的混凝土路面还要大，路沿是石头堆成的。这路了不起，到现在该有两千五百年的历史了。前面一段是稀松平常的长途山路，然后慢慢拐弯，这个弯道堪称大师作品，像是出自艺术家的石匠工艺，弧线处尽显功底。神奇的左转后，又是近一百码的直道，接着有个朝右的发夹弯。随后路面开始呈S形延伸，蜿蜒而上，仿佛一条巨型蟒蛇。对了，蛇，说起有关蛇的故事，在徒步的时候还真听一个历史学家给我们讲过。

当时我们在路上遇到他和他妻子。这对夫妻经常在清晨出来散步。当我经过他们身边的时候，他有意提到我穿着西装的模样，这样子难道是要长途跋涉？我们回答了旅途的目的地，还介绍了自己从哪儿来的。噢！他曾经在奥斯陆大学开过讲座，讲的是《伊索寓言》，边说边往山下一个特定的地方指了指。他说，伊索是被德尔菲的居民投石块致死的，因为他们觉得伊索的寓言影射了自己，有种被戏耍的感觉。你知道蛇的寓言吗？蛇的胃受够了一直以来被蛇的头控制，它开始抱怨，并决心改变局面。胃想要对蛇的滑行方向和行动内容做主。头听着胃长期以来的呻吟，觉得厌烦，便同意让胃做一小段时间的领导，但在这段时间里，所有事情都乱了套。胃只对食物还有它渴望的东西感兴趣，蛇不仅迷路，搞错方向，还将自己困在一个既没有食物也没有水源的地方。饱受饥饿的蛇就要死了。“现在你看到了吧，你做决定的后果是什么。”头对胃说。

听了这则寓言，我们开心地哈哈大笑，我甚至打算在旅途中买一本《伊索寓言》看看。巧合的是，我果真在爱普塔洛夫斯的书店里找到了它的英语版。可我就是找不到那则寓言，至少英语版里没有这则故事。后来我翻了其他的版本，也没找到。事实上，这应该不是伊索写的寓言。我很好奇，是不是历史学家自己杜撰了这则寓言，他难道把自己当成现代的伊索了？这个故事不会是看见我和纳维的样子即兴发挥出来的吧？我们两个穿着搞笑的服装漫步在大自然中，没头没脑地踏上了一条冒险之旅。

我们站在伊索当年被投石块的地方的正上方，新伊索用他的一则寓言让我们俩放声大笑了许久，边走边笑，纳维说：“我可以当蛇的头，你做蛇的胃，我俩一定配合默契，合作无间。胃，你说呢？”我说：“好吧，我们过会儿应该歇一歇，找点东西吃。头怎么说？”头说：“我们还没有走很远的路呢。可以喝点水，但是吃饭的话，我想走完一半再说。”“头记得往自己包里塞两瓶白葡萄酒没？”“记得，头把两瓶白葡萄酒带在路上了。可以开一瓶，就着食物喝。”我思考着刚才的对话，头已经在路上走了六英里四英尺的路，他沿着马路左右摇晃，长腿迈着清奇的步伐。太阳光的热量能把人烤焦，我们戴上太阳眼镜和轻便的遮阳帽，翻过冰雪覆盖的山脉，沿着水晶般清澈的小溪继续走。山前有一条河，神庙之路成了一条现代化的碎石路，然后缩成一根小道。我们穿过沼泽和草地，眼前的山谷豁然开朗，从山谷可以找到通往细窄森林的小径。在树林的边缘有一个农场，主楼的外面有一匹马。它一瞥见我们，就开始朝我们飞奔，然后停下来，咬住我的肩膀。我下意识地使出浑身解数朝它的脖子用力打去，它后退了几步。我本企图把它吓跑，但它却站在原地纹丝不动。我检查了一下肩膀，还好它的牙齿并未刺穿我的皮肤。继续上路后，马跟在我们身后。农场被人遗弃了，四周没有车，窗户上也没有百叶帘。马跟了我们几英里后，我俩决定要把它甩掉。上坡时有一块狭小的路段，纳维突然掉转头往回走。马到底会跟谁走呢？噢，它跟着纳维走了，看来我们的计划成功了。纳维故意走得很慢，到了一个特定的地点后，他会再次转身离开小径，朝我百米冲刺。而我则会按原定的路线往前走。过了半小时，我看见向我奔来的纳维。会合之后，我们快速地向前行进，可过了几分钟，马居然追上了我们，然后跟了我们很长一段时间。走了四小时后，旅途已经走完了一半，到了原本计划吃东西的地方。现在该怎么办？第一，我们很饿；第二，我们烦够了这匹该死的马。它不会准备跟我们一路去爱普塔洛夫斯吧？难道要跟我们进村，一起到餐厅里去？头建议说我们不如给它尝尝威士忌，把它灌醉。但是胃不同意。他害怕会发生打架斗殴等一系列煞风景的事。至少在过去，他从来没有和一匹喝醉的马打过架，就算是清醒的马也没有，如果要打，宁愿和一头清醒的马打架。胃踢了踢马，抓住它的肋骨。马抬起前腿，发出轻微的嘶嘶声。头开始生气了，他不是对马生气，而是对胃感到生气。"别碰它。"他说道。就这样，我俩安静地继续赶路。马跟着我们一起踏过雪地，爬到四千五百英尺处后，很快就要到下坡的路段了，一直往下走就是爱普塔洛夫斯。我们的步子逐渐慢了下来。太阳下山了，天也开始黑了，空气开始转凉，我们却还在冒汗。走了足足六个小时，体能和精力都已经消耗殆尽。终于，我们在黄昏时分到达了主路，这条碎石路是从山区的村庄通往高地的滑雪中心的必经之路。路边有一辆很大的车，是路虎，它像是被困在了雪地里。一看见车，我俩不约而同地萌生出了一样的想法。

我们朝车的方向走去，主动对司机说要帮他把车从雪坑里弄出来，顺便问他，能不能给马儿吃点东西，因为它走得有点饿了。坐在后座的小孩给马儿喂了点巧克力和糖果，我们把车从雪地里推出来，和他们道别后，就悄悄走了。马儿果然留在了汽车旁。我俩趁机开溜，步子十分迅速，选了一条小道抄过去。那条路是森林里的捷径，看到空地后，我俩立马在岩石的背风处躺下来，真得吃点东西才行。饥肠辘辘外加口干舌燥，我们像未开化的野蛮人般狼吞虎咽，食物被我们扫荡一空。从坐着的地方，我们能够看见马路。哎呀，接下来的一幕让我们毕生难忘，那真是一道不可思议的风景线，让我们笑到东西都吃不下去：一辆路虎汽车沿着狭窄弯曲的马路全速前进，而一匹马则在后面跟着它极速飞驰。

终于抵达了爱普塔洛夫斯。这是个美丽宁静的小山村，木质房屋配斜屋顶，狭窄的街道错落有致，家家户户的窗里透着点点灯火。开始下雪了，我们必须找个地方过夜。现在是周末，所有的酒店都客满。萨罗恰斯酒店的前台说，现在哪儿都没有房间了。他打了一圈电话，全都满了，这是他用德语和我们说的。“我们不是德国人，”我告诉他，“我们可以在前台的桌子下面睡，或者在清洁的橱柜里睡，哪儿都可以。”听我这么一说，年轻的萨罗恰斯给他妈妈打了通电话，告诉我们她有一间备用客房，是他孩提时代住的房间，我们可以在那儿休息，前提是我们愿意。何止是愿意啊。我们千谢万谢，然后在酒店的餐厅里享用了一顿大餐。肉丸、炸土豆还有两瓶红酒，都下肚里去了。吃完饭，我们坐在火炉前，给这个萨罗恰斯年轻人讲起自己一路翻山越岭的故事。这一路比我们想象得要艰难许多，登山的途中简直经历了一年四季，启程的时候是春天，现在却已到了深冬。坐在炉栅的篝火前，我们透过大大的玻璃窗向外眺望着黑夜中的雪景。斯特拉托斯·萨罗恰斯蓄着一头黑色鬈发，瘦削的脸上安着一颗大大的鼻子和宽宽的嘴巴，他一边嘬着威士忌一边留神听我们说话，同时照看着前台和餐厅里的客人，注意力分配得刚刚好。餐厅里坐着年轻美貌的希腊女人和男人，他们成群地坐在一起。餐具在瓷器上摩擦的声音回荡在我耳边，高开衩的短裙飘荡在我眼前。他们有说有笑的，让我既感疲惫又觉满足，听着听着我打起了瞌睡，不知不觉在椅子上睡着了。后来他们叫了辆车，把我们带到萨罗恰斯的妈妈家，那就是我们要睡觉的地方。

两张床。棕色墙纸和印花图案的墙纸相对贴在木质的墙壁上。房间里有扇通往浴室的门，浴室里面贴着青苔绿的瓷砖，仿佛置身于一片大自然的空间中。冲完澡，我俩光着身子躺在各自的床上抽烟，然后倒了点威士忌。明天我们要走到里莱亚，整个路程不及今天走的一半，而且基本都是下坡路，应该挺容易的。我们把衣服挂在浴室吹干，马、路面、汗水和青苔的味道杂糅在一起，丝毫没有大自然的痕迹。

隔天一早斯特拉托斯把我们叫醒，他的妈妈已经做好了早餐，等着我们一起去厨房吃。萨罗恰斯的家人有伊莲娜、科斯塔、妹妹莱雅。莱雅比斯特拉托斯年纪小，大约十九岁，鼻子和嘴巴同她哥哥如出一辙，发色略微浅一些，我猜应该染了色。她继承了母亲的头发和父亲的脸庞，表情愠怒而高傲，彰显着青春与偏见。不论如何，我们还是能嗅出户外和吉卜赛生涯的味道。简单的早餐令人愉悦：浓咖啡、炒鸡蛋、粗磨面包，还有酸奶式的牛奶。这顿饭吃得还挺惬意的。他的家人也很可爱，在餐桌旁摆好姿势让我给他们拍照片，互相抚着手。

我在镇上买了一本英语版的《伊索寓言》、一些食物和两升水。碰巧看见三个上了年纪的人，他们坐在广场上，用大水壶煮着汤。篝火上空飘浮着蒸汽。今天是礼拜六，正巧是大斋期前的盛筵。汤里放了蔬菜和山羊肉，还加了几滴橄榄油和一整个胡椒子，尝起来有百里香、大蒜和月桂叶的味道。我们点了汤，还饮了一杯自制的甘草白兰地，然后在额头上做了煤灰标记。给完小费，我们离开了爱普塔洛夫斯。走路的人知道，下坡比上坡更难，人也更不舒服。下坡的时候膝盖和背部都会拉紧，而且还少了一点趣味。不知道为什么，上坡路就像开始一段新的旅程。下坡的时候就没有那么开心，快要结束旅程的想法让人抑郁。那感觉类似于抵达终点。在我看来，下坡时人的脑海中会浮现死亡的念头，而上坡时人会对生活产生充满希望的新鲜感。两者其实本质相同，所以一定要学会在下坡的时候找到上坡时那种高兴的心情，反正纳维是这么说的。他会想方设法地找点乐子，比如从山上看到的树，远处石板屋顶上的银灰两色，还有烟囱里飘出的烟，似乎都在欢迎着我们。山谷和村庄的景色在我们身下，下坡时就能看见。下坡的路程之所以让人精疲力竭，或许就是因为景点总在人前头，少了份新鲜感吧。那里是很快要绕过的弯，这边是山下的林中小路，面前是之前想好要来的修道院，院里的花园从山上就细致观察过了。沿着主干道往下走，没过多久我们脚上就起了水泡，脚板像火烧，背也开始发痛。膝盖和肩膀周围开始发酸，脑袋犯疼。医生的儿子说，这是得了下坡路单调乏味病，要给我们用最高级的药来治疗这种抑郁症。这种药的功效是让人感到兴奋。“兴奋类的镇痛剂能让人情绪变得愉快，”纳维说道，“这种药唯有酒精。”好吧。于是我们走下山去喝了几杯，每次舟车劳顿，我们就会玩游戏来取悦自己。他负责扮演“喝酒医生”，而我则扮演“抽烟教授”。“你有什么见解，医生？”我问。“再来一杯。”他说。“你说什么，教授？”“我觉得，烟草对我们有帮助。”“什么方面的帮助？”“烟草能让你活得有生气。”教授说道。“你是从哪儿学到这个知识的？”医生问道。“在卑尔根大学学的，先生。”教授说。这句话说完，教授和医生都哈哈大笑起来。“那你呢?”“我也是这所大学毕业的，不过我读的是历史系。”“话说回来，你这专业恐怕培养不了合格的医学人才吧。”我说。“我的病人基本上都是从十九世纪来的。”他说。“那么，你的医术，先生。”我插嘴道。“没关系，先生，我的医术仍然是最有疗效的。”他回答道。他说得没错，酒果然起了功效。心情一好，没多久就走到了山下。小道的最后一段路是树林里的一条捷径。从树林走出来后，我们转下弯道，重新回到主干道，下一个弯道后是一片露天区，那儿正举行着庆祝活动。

在里莱亚教堂门口的露天区域摆着五张长桌，上面盖着白色的桌布。坐在桌旁的家庭从自家的厨房里带了餐具和玻璃杯，还有食品和喝的东西。喇叭声响起，四名穿深色西装和白色衬衫的男士组成的小型吉卜赛交响乐队开始演奏。穿着小丑服的男子一边踩着高跷，一边向孩子们扔杏仁蛋白软糖。小摊贩们卖着烤肉和各种各样的奶酪、香肠，还有当地的汤。我们朝着其中一个摊位走去，突然被长桌吸引。长桌的两端有空座可以坐，这回一定要尝一下卡拉法提斯家做的食物。桌上有一盘加了奶酪的豆子，小食是浸泡在卤汁里的青椒、小香肠和橄榄，饮料是家酿玫瑰酒和惯常出现的茴香烈酒。佐餐的还有咖啡和裹着糖衣的草莓覆盆子蛋糕。这个蛋糕一定要从顶上的奶油开始吃。卡拉法提斯一家包括父亲、母亲、俩儿子和俩女儿。他们身旁坐着朋友、祖父母还有叔叔阿姨，刚学步的幼童和其他小孩，大概占了半张长桌，异口同声地唱着希腊歌。歌声偶尔会被吉卜赛的合奏盖过。乐队的演奏越来越快，结尾时响起雷鸣般的掌声。我们放开肚子吃，背包放在桌子的下方。这家人的宠物是一条看门狗，昏昏欲睡地躺在它的地盘上。吃完东西，我们想去跳舞，舞伴是卡拉法提斯家的女儿。吉卜赛音乐的特点就是开头很快，之后更快。节奏不停加速，但舞步不会朝前走，只是不停地原地旋转。

音乐似在飞、旋转、奔驰，加速度地绕着圈，好像很匆忙，但又不想去别的地方。柏油马路上寂寥地演奏着音乐，地上忽然被挖出一个洞，那些跳舞的人通通消失在那个洞里。身体开始螺旋式地下降，直到掉入漆黑的地下世界才停，洞底是音乐的归宿，也是它的家。地下进行着一场匆忙的婚礼，漆黑之中，仪式简洁迅速，有种另类的美。来不及思考，音符便将这对新人从旋转的隧道嗖地赶回地面，光影与笑声回荡在地下。伴舞的人群被无奈地拽回白天的世界里，很快便彼此分开，各自回到原来的座位上。

回到自己的桌椅和食物面前，大伙儿抽起烟，继续刚才的交谈。而我则回到了卡拉法提斯兄弟的身旁。他们主动提出开车送我们去格拉维亚，这样只需十五分钟，若是走路，则要花上四个小时。婉言谢绝了主人的好意后，我们驮起行囊，边走边朝他们挥手，晃晃悠悠地重又踏上了我们的路。

找到前路

跨过品都斯山脉的山脊，我们在希腊游客协会的小客栈里过了几夜，第一家客栈是一栋木质小屋，里面有火炉，床很舒服。接着我们找到一个寒冷的石屋，里面有木质的壁架和羊毛毯，我们把毯子裹在睡袋外面。虽然很累，但我们却没有睡着，在那儿干躺了一夜。背包里只剩一包葡萄干和一排巧克力可以充饥。第二天，我们朝卡兰帕卡的方向走下山，到达迈泰奥拉山脚下的一个小镇。山脉的形状超凡出众，似是巨大的雕塑，又像是阿波罗神像，带着一股神圣的意味，形容张狂。山是什么？这里的岩石经大自然腐蚀后排列在一起，让你不禁思索，山的背后是否有什么阴谋诡计，这世界究竟存不存在造物者。或许，这就是把修道院造在山巅的原因？我们可以在房间的阳台上望见曾经在迈泰奥拉见过的修道院。这家旅馆叫做塔温科卡洛卡，位于最高峰的山脚下，旅馆旁是径直上山的小路。坐落在山顶上的修道院像是路上的圣约，让人们静静地适应这里的神圣法则，并嘱咐人们不要企图挑战或改造大自然的设计，只需遵从圣约，安心接受自然法则即可。修道院是一栋高山住屋，也是一个避难所。它似乎是山体的一部分，一直坐落在此处，俯瞰着山谷和为世俗之事苦苦挣扎的人们。

现在得找点食物才行。旅店是由赞内托斯妈妈和她酗酒成性的儿子经营的。儿子是个长相清秀的年轻人，红色头发，红润的脸颊，眼睛里的血管像是美丽的蓝色条纹。充血的双眼透露出他糟糕的身体状况和疲惫不堪的生活状态。为何至此？是因为孤独？还是他母亲的缘故？是因为背负着沉重的责任和义务？因为死去的父亲？他软弱的性格和嗜酒成性的生活状态莫非是遗传？或者只是单纯地喜欢喝酒而已？他向我们炫耀着自己对旅行的厌恶之情。虽然他没去过多少地方，但他反正也不想去。他根本没有旅行的必要，因为来自世界各地的游客都会汇聚到他家的旅店。住客会把祖国的传闻佚事和语言风俗带到这儿来。他喜欢想象美国、澳大利亚、挪威和芬兰的生活，但他不会真的去当地体验。他自认在这里过得很开心，生活在全世界最伟大、最令人自豪的国度，这让他满足。璀璨妖娆的希腊，它最美丽的地方，就在这里，迈泰奥拉，山川脚下，更确切地说，就是这栋房子，甚至这个地下室。地下室的门开着，阳光从门外洒进来。

我们坐在荫凉处的桌旁，赞内托斯妈妈正在灶边的煤气上烤着猪肉。她的身影出现在微暗的地窖里，透过炊烟的光线看得出她很年轻，一头乌黑的鬈发，上身套着一件黑色女式衬衫，下身搭配了一条黑色长裙，脚上穿着凉鞋。她用手摩挲着儿子的头发，宛如一对情人。每当妈妈在地窖里准备食物时，儿子对喝酒的冲动会稍加克制一些。我们中有五个人是住客，招待完，妈妈便上楼回屋，而他则会继续在这里坐着。亚瑟·赞内托斯一定等到母亲彻底走了，才拿出他平时喝的家酿玫瑰花酒。他从陶制的水罐里取出酒瓶，水罐乍看之下像是取之不尽用之不竭的水库。我们在旅馆住了三晚，酒也喝了三晚，他比我们喝得更多。不过他对旅店酒吧里的酒不感冒，对洋酒不感冒，只好玫瑰花酒这一口，说这是希腊奇迹中最美味的酒。除了酒，他夸赞的对象还包括自己、国家以及德拉克马。他将其称赞为全世界最尊贵上乘的货币，然后不情愿地在计算器上按着数字，把威严的德拉克马币转换成欧元。亚瑟对欧元并没有什么意见，因为有了欧元以后他变有钱了，但钱对他而言有什么用呢？他的酒是自己酿的，白天和夜晚他几乎都坐着，夜里大部分时间他会在地窖喝酒。他需要的东西不多。香烟，一副新墨镜，或许再添置一双皮鞋？他的衣服款式基本都差不多，暗蓝色的衬衫，黑色的裤子，棕色的皮鞋，不穿袜子，活脱脱像个穿着带后跟鞋子的流浪汉。凌晨一点，他的烟抽完了，于是他把钱塞给我，差我去镇里的小商店给他买烟。我花了约二十分钟走到那里，回来的时候，无论是从身形还是声音判断，他都已烂醉如泥。不仅口齿含糊不清，脸看上去也肿得厉害，像要胀裂一般。他的眼睛里蓄满了水，仿佛在哭，嗯，的确在哭。酒精盛满他的身体，肚子里胀足了气，看来有些喝过头了。他出着汗，抽着鼻子，吐完痰后走到门外小解。他不是这栋旅馆的所有者，也不是这儿的主人，他只是一个酒鬼，一个醉汉，无助地在酒精里沉沦。

他母亲忽然出现在门边，仿佛借由某种秘密信号或是签署过某种古老神秘的协议，总之她出现的时机刚刚好。她穿着睡裙，顶着蓬松的头发，看来也喝过酒了。虽然步伐不够稳健，但她仍然坚定地朝我们这桌走来，然后一把抓住儿子的头发，把他拉得站起来，接着扶他走到门外。

她紧紧抓住他的腰，让他靠在自己身上，一边安慰他，用手抚摸他的头发，一边架着他往外走。

早晨的时候，她又回到地窖来，去厨房准备早餐，晨光下的她看上去年老一些。她的动作很轻，速度很快。这家旅馆的运转全靠她一个人。周末的时候，旅馆的客人会多一些，希腊人会到这里放松。她偶尔会请一名年轻姑娘到地窖来帮忙。这个女孩大约十五六岁，个子很矮小，皮肤黝黑，几乎不说一句话，只会点头，她负责上菜、清理桌子、擦桌子，但不论做什么都默不作声。厨房的收音机里播放着希腊音乐。阳光从窗户里洒进来。一位老人坐在靠门的桌子旁，半睡半醒。他蓄着银白色的胡子，头上戴着一顶黑色帽子，眼睛上架着一副大大的厚眼镜，这一定是女人的眼镜。有时候他会醒过来翻翻报纸，然后再打瞌睡。我们吃了点炒鸡蛋和一块厚白山羊奶酪，喝了橙汁和浓咖啡。今天是远足的日子，我们计划的行程是先上山，然后沿山路走到山顶的修道院。为了登山，我们借了一个小背包，用来装水杯和冷食，顺便把两个人的照相机和笔记本一起塞进去，这就装满了。帕特里克、约翰和尼克是三位来自澳大利亚的背包客，他们恰好要去相同的地方。因为不想徒步时有人打扰，我们比他们出发得早，习惯了只有我俩的旅途，不需要有其他人陪。我走在前面，纳维跟在我后面。他喜欢走在后面，而且固执地认为，走在后面的话，他能够更好地思考。带头的人必须把注意力放在路线上，要负责看地形，而且不能走错道，还要找方向、做决定，想想接下去该往哪儿走。纳维觉得，让我走前头是对我的锻炼，因为我不像他那么习惯走山路。他的想法其实没错，能找到路是一项很重要的能力，需要训练。

我带队的时候经常会想探路者和向导的事，找到正确的路，沿着最佳路线走非常关键。朝对的方向不停前进，走错一次节奏就会被打断，一旦节奏断了，路就难走了。为了找到正确的路线而走回头路是漫步者所遇到的最糟糕的事情之一。走错路同时也是登山最沮丧的经历之一，不仅削弱意志力，还考验脾气。所以，最好是轮流带队，彼此交替承担找路的职责，但是纳维觉得让我走第一个，学学探路的艺术是我必要完成的功课。不过，我现在已经干得不错了。我对看地图很拿手，更重要的一点是，我可以凭借地形找到路，几乎成了一种直觉，当然也可能是因为我发挥了理性意识，森林、灌木丛、牧场、田野、小溪、小山丘、山川、高地、山谷、关隘等各种地方的道路或是小路，包括路标我都能搞定。带头在前面走时，我会不禁关注起大自然。它教会我用眼睛看。找路教会我认识地形，山脊后、云层下，这些地方我都认识，哪儿散落着大湖和冰斗小湖我也知道。我还知道迷雾飘在哪一块地区，哪里会出现沼泽，哪里或许有片树林。我甚至能认出大海照亮天空的样子。天空中的太阳要去哪里，我也能分辨。我可以确定，在菠萝树右侧断裂的树枝旁有个蚁丘。寻觅羊肠小道，识别篝火残迹，辨别猎人步道，等等，不一而足。牧羊人、农民以及栖居在山里的人已经为我们探好了路，踩好了道，这些步道纵横交错地散落在各国各地。沿着前辈们踏平的路线徒步，是一件很有价值的事。那些记载了无数人足迹的细道，分布在森林和山川中，从一个村庄蔓延至另一个村庄、从一个农场连接到另一个农场的小路，它们无疑是最美的。乡间小路、车水马龙的大道，以及连接各小镇的主要通道，往往都设计得错综复杂。有时候会碰到老路为方便马车通行送信而拓宽的情况，这时候小路便要发挥主干道的作用。浇上沥青，盖上隧道，马路就成了机动车道，主干道渐渐演变为川流不息的交通要道。旧的小路改头换面后，新的小路会慢慢出现，接过老路的使命。这就是漫步者的路，是我们靠耐心一步步踩出来的。

我走在前面，纳维跟在后面，我们像两台行走的机器，通过动作连接在一起。我们踏着固执的节奏在路上行走，步调沉稳，不疾不徐，不轻不重，宛如一对远游的伴侣，迈着匀速的步伐在路上起伏，画面安静又美好。

我们朝坡上走，今天大概要爬两千五百英尺高的山。修道院坐落在高原上，正落在山右侧的边缘地带，周围封着一圈石墙。这里过去一定是抵御外敌入侵的要塞，所以这儿的修士过去都是士兵。但现在这儿只剩一个身材矮胖、留着长发的男子。他的脸上长满了胡子，戴着一副厚厚的圆框眼镜。他身穿黑色长袍，头上戴着一顶圆圆的烟囱管帽。这位希腊正教牧师的打扮很是滑稽，人很幽默。他用英语和德语跟我们开玩笑，说话的时候身体连同手臂总是微微向前扑，好像预备着袭击我们，或是打算把我们扔出去似的。令我们意想不到的是，他竟突然递过来一个小木盒子，里面装满了涂蜂蜜的小蛋糕，上面撒了糖粉，明黄色的蛋糕看起来黏糊糊的。刚咽下两块蛋糕，这位牧师就开始给我祈福。双膝下跪，他命令道。我犹豫了一下，跪在地上，接着他把右手放在我的头上，念祷告词的时候，我似乎能感受到他手心传来的力量和温暖。为什么要为我祈祷？我想，他是不是能看见什么东西，比如发生意外事故，又或者他看出我身上背负着坎坷的命运？我做着思考，而他做着祈祷。

站起来的时候，我做了一件连我自己也没有料到的事。我竟不自觉地开始挥拳，随后绕着地板尬舞，挥起手臂做出击打的姿势。牧师开始大笑，他走到我跟前，摆好防御的架势。他手里打着拳，但没有碰到任何东西。这清楚地告诉了我，他会拳击。接着，我们绕着房间开始跳舞，彼此朝稀薄的空气中打着空拳，一会儿弯腰，一会儿偷袭。他的刺拳很快，步伐很迅捷，只靠鼻子呼吸。没两下，他便把我逼到墙边，冲破了我的防御，用手掌小心地抡了一拳，打在了我的脸颊上。出局，他大叫道。我很吃惊。如果刚才这场拳击是真的，我现在很可能已经趴地上了。我好歹也是一个打了好多年拳击的人。回过神后，我惊讶地发现，他的鼻子居然被打断了。“你一定是保加利亚人，”他开玩笑说，“那边的人最爱打架。”然后他紧握住自己的手，低下头，又抬起来，对着纳维和我画了个十字。“你们得走了。”他说。

我和纳维在这里沿着各自的道路分头下城。我选择了一条经过高山岩石蜿蜒而行的道路，路上经过山洞和古人居住的地方——那儿过去盖着房子和教堂，人死了之后会埋在山里，古人的山是活人和死人共同的归宿，也是给人和动物提供庇护的地方。山附近有岩洞和步道，还有人待的山洞和房间，以及一座古老的塔楼。鸟儿栖息在洼地的顶端。山洞里空空如也，那一层层洞穴曾是人们居住的地方。洞穴下方临近山底的地方，是大老鼠、狐狸、蛇、蝾螈、小老鼠和野狗的巢穴——之后小路通往一条小溪，周围都是矮树丛。溪流经过一座废弃的磨坊，能一眼看见磨坊下的两栋房子，两栋用石头盖的大房子。那儿的人至今仍保留着栖居在山洞里，躲在石头和石墙背后寻求庇护的习惯，他们或许继承了祖先的传统。两栋房子间串着一条引缆，旁边拴着一条精瘦的大狗。它蜷着身子趴在地上，当要跳起来的时候，发现自己被锁链拉着。它的身体停在空中，那一刻仿佛变成了面目狰狞的怪兽，一只牙齿锋利的、折翼的史前巨兽，没多久它就摔回了地面，然后翻个跟斗继续攻击。我沿着机动车道走到山下的城里，找了家咖啡馆，在角落里坐了下来，这儿能看到集市的全貌。小集市里卖蔬菜和鲜花。一个人待着真好。菊花、郁金香、剑兰、百合和玫瑰。有群芳的相处与陪伴真是美好。不如研究一下。顺着花瓣纹理的色弧和光线，阴影和黑暗，你会想起一些特定的事情来，脑袋当中冒出各种奇思妙想。我点了一杯茴香烈酒。细细的高脚杯里装着奶白色的液体。这酒很适合我现在喝。整个下午我都将一个人行动，我计划去几个广场上坐坐，喝点兑水的烈酒。一个人行动是件挺危险的事，好像自己被某种特定的口味吊住了胃口，或者中了某种酒精的毒，喝完之后人变得有些多愁善感。享受孤独，却找不到真正万籁俱寂的那个地方。气氛十分安静，不含任何杂质，特别安静，使人感到幸福的安静。看花，它们正躲在太阳伞下乘凉。此刻，周围的一切刚刚好，不多不少。于是我掏出笔记本，开始写字。

走出希腊进入土耳其

为什么要旅行？为什么不待在家，待在你的房间里、你的屋子里，待在你最喜欢的地方，属于你自己的地方呢？熟悉的屋子和房间将我们需要的东西集合在一起：一款舒适的床、一张书桌，以及一大叠书。透过窗户能望见海景和花园，花园里种着苹果树，四周围着树篱。这是座美丽的花园，草木繁盛。隔壁邻居人不错，他每天散步到小店，再走回来，取完报纸，会和店主的女儿聊聊天，下雨的时候会路过站在橡树下的马。在这里，我找到一种肃穆而宁静的氛围，感受到更深刻的归属感。每天沿着惯常的路线走，跟着你一起干家务，洗衣打扫，整理花园，看看这一张张熟悉的脸，走一样的路，日复一日地重复着生活的轨迹，为的是过一种宁静又美好的生活。

就像亚瑟·赞内托斯。他不旅行，而是喜欢坐在屋外的椅子上，那里住着他和他的母亲。坐在椅子上的他一动不动，像睡着了一样，仿佛世界上的任何东西都不能把他从他休息的太阳椅上撵走。或许他已经不情愿地慢慢变成了周围的一部分：古老而与众不同的山川，石头砌成的房子，还有住在里面的什么人。或许他其实是被这个地方和他的母亲束缚住了，无法打破的束缚，他不想挣脱，而是选择静静地在这块土地上勾画着自由的小天地，渐渐与此地融为一体。每天早上他都会进城去买香烟。上午他会坐在太阳下听收音机的音乐和播送，那时他不喜欢有人打扰。如果你想和亚瑟说话，一定要等歌曲放完。他会在声音慢慢淡去后关闭收音机，然后走回荫凉处，拿出一杯自酿的红酒，这时你才能开口。“第一杯酒的味道。”他说。“啊，初吻。”他说。“春天的第一朵水仙花。”他边说边把酒喝完。他喜欢讲故事，讨厌有人打断他，或者打扰他：“没错，那段初恋。”他的思绪随着这句话飞到远方。他与意大利、西班牙、罗马尼亚和俄罗斯女孩都交往过，所以特别懂那些地方的特性和生活习惯，也知道那些地方的细节和秘密，比如，都灵吃什么早餐、巴塞罗那的夜生活是什么样、布拉索夫和莫斯科跳什么舞、俄罗斯的音乐和食物，以及他们爱的伏特加和曲子，还有俄罗斯作家和俄罗斯女孩，他都知道。这些女孩都是他在迈泰奥拉招待所的地窖里认识的，当地的风土人情也是在地窖里听来的。但所有这些都不能和希腊的食物、希腊的风景、希腊的音乐以及希腊女孩跳舞和走路的样子相提并论。亚瑟·赞内托斯从座位上站起来，走向楼梯。他仿佛换了性别，彻底变了一个人。他开始摇晃起臀部，接着张开双臂，甩起头发，对我回眸一瞥。“这就是希腊女孩子朝你走来的样子，”他尖声细气地装着女人的声音，“再见，我们再也不会相见了。”然后边说边笑。像他那样不顾自己形象的样子实在令人捧腹。然而，现在的他依旧孑然一身，只能孤孤单单地坐在桌子后面，往杯里倒着玻璃瓶里的酒。刹那间我突然意识到，他或许从来没真正爱过一个人。“今晚，我妈妈会做希腊名菜茄合，”他说，

“配好吃的希腊沙拉还有很多好酒。今晚一定很开心。”他边说边挥手和我们告别，又掉回头去和他的酒瓶还有玻璃杯相依相偎。

我们从迈泰奥拉坐车去塞萨洛尼基，那是一个肮脏吵闹的小镇，外圈的墙面刷成白色，沿着山侧和港口的那一面都是白色。港口变成了铺着石子的人行道，在阳光的照射下散发出白色的光芒，顺着海面往外看，海浪击打在海面上，激起的水花正是这座小城的保护手。我们打算在这里吃点东西，睡一觉，住宿定的是一间上下铺的八人间，里面有羊毛毯、昆虫和跳蚤，天花板上的日光灯传来电流的声音。我们躺在床上，直到早上六点半也没有睡着。去伊斯坦布尔的火车会在七点三十五分出发，我们将带着跳蚤和肿块一同上路，这些肿块是我们的荣誉徽章，将我们和其他游客区分开，表明我们属于最卑微的低层。在火车站，我们又碰到了迈泰奥拉招待所认识的尼克。接着我们一起坐火车过了边界，车开得很慢，到了边境后，我们不得不下车办理签证，除此之外，还有许多跨境的手续要办。随后，火车缓缓驶入阴雨蒙蒙的伊斯坦布尔。

到伊斯坦布尔后，我们立马被一伙人给盯上了，他们强行给我们指路，想带我们去一个陌生的地方。我们一时半会儿甩不掉这些人，过了一会儿，他们像是要对我们动粗。尼克明显地焦虑了起来，他把小背包挂在胸前，背上驮着一个大背包，仿佛一头无助脆弱的犀牛，像鸭子一般摇摇晃晃地走在鹅卵石路面上，撑着一把伞，罩着全身的照相器材和各种装有零部件的包。这一定是他第一次出国旅游，把他的全副家当都从南半球带了过来，除了厨房用的玩意，他几乎把所有东西都带在身上，活脱脱像一头澳大利亚小驴子，正朝各大城市的土匪和偷马贼走去。如果他把身上一些没用的东西卸下来，可以减轻不少分量，这能帮他不少忙，比如说：吹风机、萨尔曼·鲁西迪[1]的小说、两罐自制果酱，以及很容易就折断的三脚架，还有够供应整个土耳其足球队的男女通用厕袋。终于，我们帮他安全抵达了宾馆，一上楼他就打开各种背包和小袋。我们住的是索非亚大教堂右边的青年旅舍，向前台要了一间三人间。尼克·福特内十九岁，从大学休学一年，独自一人环游欧洲。换句话说，他其实属于那种看上去勇敢但又没什么脑子的类型，这两种特质是最不适合旅行的。但在伊斯坦布尔和他相处了几个小时后，我们倒挺喜欢他的。在和他共住了几天几夜之后，我们对他的感觉从喜欢变成了超级喜欢。虽然我们很同情尼克，但他倒是挺自娱自乐的，他属于那种总有贵人相助的好命人。夜里，他睡在我们俩当中。他习惯穿睡衣睡觉，入睡前悄悄地把两条毛巾叠放在枕头底下，还不让我们知道。他既不抽烟也不喝酒。到了夜晚，他不太敢出门，只喜欢坐在接待处，和志趣相投的游客聊聊天，比如那几个戴着棒球帽，穿着全黑牌衬衫、西短，蹬着全黑牌运动鞋的澳洲人。算是一种制服吧，看上去像笨蛋，一群来到异国他乡的笨蛋。

“他白天到底是怎么过的?”等尼克睡着后，纳维问道。我们坐在窗台边，喝着梅酒，抽着土耳其香烟。“他应该会去博物馆，”我说，“他爱照相，把所见所闻都记在一本厚厚的笔记本里。他收集来的票根、餐巾

1 萨尔曼·鲁西迪（Salman Rushdie，1947— ），英国著名作家，小说《午夜之子》为他赢得了国际声誉。之后他的一系列作品深入探讨了历史和哲学问题，被称为“后殖民文学教父”。

纸、啤酒杯垫，还有别人塞给他的名片，都被他放在那本本子里。今天听他说，好像去了隔壁邻居的理发店，是一个英国人开的，专门给游客剪头发。然后在港口附近的麦当劳吃了顿晚饭，遇见了一个澳大利亚姑娘，和他约定了一起坐明天的船，去博斯普鲁斯海峡。据他说，她很漂亮。”我们俩都不懂尼克·福特内的神秘。他的呼吸很柔和，也不打鼾，全世界的单纯和无辜都静静地躺在他那纤尘不染、芳香清爽的身体上。“他在做梦吗？”“他会做什么梦呢？”“他梦见自己回到悉尼的家继续上学，后来同隔壁的女孩结婚了，多美好啊。”纳维说。

走在伊斯坦布尔的大街上

三月的星期六早晨，我在伊斯坦布尔散步，漫无目的地在一座陌生的城市里闲逛，周围的事物都是第一次见。这座城市被一场阵雨下得灰蒙蒙、湿答答的。太阳穿破云层，雨的颜色在太阳下慢慢褪去，阳光洒在宣礼塔的银色尖顶、清真寺上方的金色穹顶和苏丹艾哈迈特山宫殿的窗户上，仿佛整座城市都在起身拥抱阳光。伊斯坦布尔的大街和广场就呈现在我面前，从山上到港口，一路迎接着太阳和从马尔马拉海洒来的湿润的蓝色阳光。雾气和雨水随之而来，整座城里的人被赶到屋檐、拱廊、小市场和走廊的下方避雨。伊斯坦布尔的大部分路面都有屋顶，城市的室内外面积几乎一样大，广场和公共场所被各种临街不临街的墙，还有大大小小的门给围了起来。

在其中一扇门背后，有一条叫做拉马丁的大街，靠近塔克西姆广场，那儿住着梅若华·古奈，这位作家过去曾用一份平庸的工作掩饰自己的身份，那便是他和妹妹经营的一家小型旅行社。现在是十一点半，正好是梅若华抽第一支烟的时候。他想过戒烟，但是他说他不抽烟就没法思考、写作。不过他可以把抽第一支烟的时间点推迟到午休以后，等回家以后再抽第二支。回到家，坐定在书桌前，然后他便可以随心所欲地抽烟了。他写过一本短篇小说集。书里写到关于抽烟的故事，还谈到在伊斯坦布尔大街上散步的故事，以及做一份自己不喜欢的工作的故事。晚上的时候，他会写点散文，比如雾水的故事，或是永远没有结局的爱情故事。我对他说："你的故事让我想起佩索阿[1]。""这是关于我的故事。"梅若华·古奈说道。他有一张年轻帅气的脸，不刮胡子，爱卖弄文采，留着深色短发，一出办公室，就戴上一副大大的棕色墨镜，装成一副知名作家的模样。"奥尔罕·帕慕克住在那儿，"他指着一片公寓心不在焉地说道，"帕慕克家祖祖辈辈都住在那儿，他家是名门望族。但我写得比他好。"古奈说起帕慕克时如是说。"我们都给同一个出版社打工。"我插了一句。"什么？帕慕克的书已经被翻译成了挪威语？那你一定要把我的书带给你的出版社。"梅若华一边说，一边点上第一支烟。我们沿着主干道的伊斯提克拉大街走。我的新朋友梅若华，尽管戴着墨镜，但还是被好几个人认了出来，这些人倒不是读者，而是来伊兹密尔和布尔萨看亲戚的老老少少，几乎都是在买车票、火车票和飞机票时认出了他。"我给几本期刊写过文章，"梅若华说道，"主流杂志和先锋杂志都有。散文诗歌不限，我喜欢尝试所有的文学体裁和流派，不过新文学太难了，要写好可不简单。"梅若华说道。"这里的人喜欢读那种直截了当，能预测结局的文学，"他说道。然后又讽刺地加了一句，"还喜欢读翻译来的书，

1 费尔南多·佩索阿（Fernando Pessoa，1888—1935），葡萄牙诗人、作家，葡萄牙后期象征主义的代表人物。代表作有《使命》等。

你也是这样吗?”他问道。我点点头。他把右臂搭在我的肩膀上，像是在安慰我。他大概以为我写的东西和他一样，我们共同处在艰难的环境下，我俩的身份已经变成了好友加同事。和他并行时我注意到，这里的男人喜欢勾肩搭背，同他一样。如此亲密的举动我过去只在女孩身上见过。就这样，我们搭着彼此的肩膀走在大街上。

梅若华带我去了他常去的地方，那是一家咖啡馆，每到固定的时间，店里会给他留张桌子。他说，他像让-保罗·萨特一样，要在这里坐一个小时。“伊斯坦布尔像六十年代的巴黎。这是一个伟大的实验，而这里就是实验开始的地方，巧的是我们俩都写新文学，塑造着新的哲学。法国文化受到资产阶级和战后资本主义的压迫。土耳其文化则受到了伊斯兰还有土耳其保守主义和民族主义的压迫。法国最后一次的思想运动发生在一九六八年，一场艺术和行动的爆发，结果却要到四十年之后才会出现，等着看吧，我们到时候也会上街游行的。”但是梅若华·古奈毕竟不是让-保罗·萨特，一小时后他便回到了自己的办公室。他其实更多地让我联想起费尔南多·佩索阿，高高瘦瘦的个子，穿着一件厚厚的长外套，戴着大大的墨镜，来掩盖自己狂饮了一整瓶红酒的事实。“我要辞了这份无聊的工作，”他说，“我不是在抱怨。其实这份工作对我的要求不算多，我可以休息、思考、做做笔记、活动活动。穿过底楼的小公寓门后，我走回家里。从我的公寓可以望见港口的风景，然后我坐在书桌前，拿出我的香烟。这时候我才算是回归了生活，”他说，“我的目标是把自己打造成土耳其最伟大的作家。”

我在伊斯坦布尔的城里，沿狭窄的街道往前走。这些街道散落在楼房、人行通道、市场、地上地下的铁路、台阶下、街角周围、拥挤的市场和巷子里。我走过大桥，穿过路面交通和人行道，从地下餐馆走到货摊。人挤人的弹丸空间把路逼进另一边的地下通道里，这是座老城。我沿着港口走，选了一艘船，在船上买了份裹干炸鱼块的圆面包，随后沿着铁路和鹅卵石走到了苏丹艾哈迈特广场，中途在一个卖酒的货摊前停下来，站在柜台旁看着电视机屏幕里的足球比赛。电视机就在摊主的头顶上。店里卖针织的土耳其帽。有蓝色、棕色、红色和绿色，我挑了顶黑色的。我刻意留了点胡子，身上穿着皱巴巴的西装，吃力地在城里步行。我感觉自己成功混进了伊斯坦布尔的流浪者队伍，不知不觉地融入这座城市沸腾的人群中。我的身体仿佛消失在城市里，能感受到人群的孤单。这是最好的旅行体验。我买了串念珠，一边走一边数着珠子，一颗、两颗、三颗，慢慢模仿起当地人的举动，这让我很满足。我在裤子的后袋里放了钱，笔记本装在单肩包里。我一路往前走，经过大学后，我坐进人行道上的咖啡馆，抽起水烟。

有时候，过于仔细地模仿当地人和他们的习惯，反而会引起别人的注意。

城市中最犀利最警觉的眼光会看透你的伪装，而被别人注意的你仍不知情地悠闲游走在街头。当你比城市里显眼的顾客和游客更有趣时，就会有人开始跟踪你。这回跟踪我的是一个年轻男人，他突然出现在我身侧轻声地说："大麻？威士忌？女朋友？""不，谢谢。""男孩要吗？""不，谢谢。我要的都有了。"我说。"你在撒谎。"他说。"我提供的东西，没有一个男人能都不要的，你难道不是男人？"他问道。这种应该算是花言巧语式的街头行骗吧。“你提供的东西，我都有了。”我说着谎。“那你为什么整天都一个人在街上走？为什么要来伊斯坦布尔？”他问道。“跟我来，带你见识见识真正的伊斯坦布尔，我给你当导游。”他说。

这里当然有另外一个伊斯坦布尔，那是一座城下城，一片地下世界，一个活在影子和黑暗中的社会。我想看吗？不仅要花钱，很可能还要出卖灵魂。我仔细端详那位跟踪者的脸，他看上去确实像住在地下世界的人，脸颊上有一道疤，蓄着一把山羊胡，长了一双雪貂似的眼睛，牙齿掉了几颗。有一瞬间，我想答应他的请求。真正的伊斯坦布尔，那是一个谎言。我和他，我们都在说谎。地下的东西并不比地上的真实，但我乐意瞧瞧地下的样子，看看那个充斥着夜店、妓女、碎烤肉、异装癖、私人俱乐部、浴场、地下狂欢派对和音乐的地方，街道和清真寺下半裸的身体。“不，谢谢。”我说。他笑了。“你太固执了，”他说，“你是艺术家吗？我带你去一个艺术家去的地方，男影星、作家、电影人都去。我再打电话叫几个我认识的女孩，你可以选一个最喜欢的，然后和我们一起去酒吧。那里有肚皮舞，音乐很好听，人也不错。我和酒吧的人很熟，其实我对整个伊斯坦布尔都熟得不得了，我叫易卜拉欣·哈尼。”他一边说一边伸出手来。我握了握手。没想到他用力握着我的手，握了很久。“那我们讲好了。”他认真而坚决地说道。“你跟着我，”易卜拉欣说，“你不用紧张。我不会骗你的，不会要很多钱，根本用不到什么钱。我跟这里的人很熟。大家一起喝点酒，抽抽烟，聊会儿天罢了。你教我一些你们国家的东西，然后我告诉你一些我们国家的东西，聊完去找妞儿。”

他说。

我们走在伊斯坦布尔的街头。天色渐渐变暗，街上亮起了路灯。没走多久，易卜拉欣突然往右拐，沿着一条支路往前走。他走到一扇门前，门口的保镖戴着针织帽，他守护的这幢建筑物装着很大的窗户，里头灯火通明。走进门，桌上放着台灯，墙上铺着白色的墙砖，绘着蓝色的花朵图案，浅色的木台阶后通往一个长长的酒吧。这里大概挤满了一半的人，大厅的侧面有一间间客房，还有地窖，音乐就从那下面传出来，现在放的是土耳其舞曲。我们找了一张空桌子，易卜拉欣点了啤酒，掏出手机，给他的女性朋友打电话。“她们很快就过来了，我叫了三个，你一定要挑个最好的。”他一边念叨一边把香烟递给我，香烟外面涂了一层薄薄的东西，甜甜的，但抽起来不错。抽完烟，我喝了点啤酒，渐渐失去了意识，之前的抵抗和怀疑都消失了。我的小心谨慎和控制力也没了影踪。我的新朋友易卜拉欣心情高涨，开心地在我们这个角落踩起小舞步，踮着脚尖做芭蕾舞的旋转，努力给我们活跃气氛。他绕着四周转，把外套脱下又穿上，同时还不忘跟隔壁桌的女孩儿调情。他管我叫有钱的欧洲朋友。“把你的帽子脱了。”他说。他把我的帽子抓下来，戴在身旁的一个女孩头上，看着挺适合的。“我这个有钱的欧洲朋友很喜欢你。”他对那个戴我帽子的女孩说道。那女孩抽着烟。这时候易卜拉欣的三位女性朋友忽然从门里走了进来，打断了这场表演。不难看出，她们都是妓女。个个妆化得很浓，身穿短裙配高跟鞋，装腔作势地走进酒吧。然后在我们桌旁自然地坐下来，一声不响。她们的眼神透着些怀疑，看上去闷闷不乐。我从来没见过三位这么丑的女孩子同时坐在一张桌子旁。粗糙的皮肤，肥胖的圆脸。而且体重超重，肚子外凸。她们的头发漂白过，嘴上抹了大红色的唇膏。棕色的眼睛呆滞，仿佛受了虐待一般，眼睑上青一块紫一块，像被人用拳头狠狠揍过。“她们要一杯喝的。”易卜拉欣说。“我有钱的欧洲朋友会付钱，你现在必须选一个，让她高兴高兴。”他急不可耐地说道，语气很专横，他大概知道这是件挺困难的事。我站起来，拉着他的手臂，把他拖到了吧台旁。“这不可能，”我说，“把女孩子送回家。”“我不能这么干，”他说，“我不能替她们做决定，她们得自己做决定，土耳其的女孩是自由的，她们和欧洲女孩一样，解放了。”“她们是妓女。”我说。“和欧洲的女孩一样。”他轻蔑地说。这时，他说话的语气似乎十分恼火，好像我刚才的话侮辱了他。接着，他从外套口袋里拉出一把弹簧刀，藏在手里。他清楚地告诉我，如果我不乖乖坐回桌子旁，他就要我好看。我只好坐回桌子旁。易卜拉欣递了两瓶红酒过来，似乎又恢复了好心情，开着玩笑，放声大笑。我选了她们之中最胖的那个，坐在她旁边时，我能闻到一种刺鼻的香味，气味中混合着汗水和香水。几杯红酒下肚后，她把手臂缠在我身上，我俩像一对情侣似的坐在桌边。然后我又抽了一根甜烟，喝了点红酒，之后把头靠在她的乳房上。她爱抚着我的头发。我亲了亲她的脖子。易卜拉欣很高兴。我把酒钱还有其他的账一起结了，半躺坐着，隔着地面望向在酒窖楼梯上走来走去的女孩们。“我们要下去跳跳舞吗？”我问。酒窖的灯光是红色的，这里属于另外一家酒吧，里面有个小舞池，一个年轻女孩在里面跳舞。她面前的地板上挤满了男人。她打扮得像一个肚皮舞演员，上身戴着银色的绣花胸罩，挂着珍珠和玻璃。在明亮的舞台灯光下，珍珠和玻璃随着她一起旋转，仿佛闪着金光的球在眼前飞过。她下身穿着一条银色的裙子，里面套着黑色的裤子。她从舞台跳到房间四周，钞票从她的腰带一路强塞到她的胸罩里。她站在一群男人的面前摇晃着身体，时不时舒展后背，用头发捶打地板。与其说是肚皮舞，不如说是脱衣舞。收到足够的钱后，她把胸罩扯开，在酒吧的顾客面前肆意舞蹈。她跳的时候胸部也跟着跳，像两个带着硬点的球体在上下抖动，又像是骑着一把看不见的扫帚在有节奏地砰砰颤动着，舞蹈着。音乐让我们情绪高涨。我搂着一个自称桑德拉的女人，轻声地对她说："我们走吧。"她点点头，对易卜拉欣做了个手势。"我们走了。"我一边紧紧搂抱着桑德拉，一边对易卜拉欣说。他点了点头。"但是你要先付钱，"他说，"现在先付一半，剩下的待会儿再付。你们好了以后，桑德拉会打电话，等我到公寓以后，我会组织一个特别的派对，让我俩和这些妞儿一起好好玩玩。"他说。我对他点了点头，表示同意，然后把钱给了他，接着我们一起走上台阶。我把手臂搭在桑德拉身上，一直搭着，直到我们上了楼我才放手。楼上挤满了人，我抓住机会立马往桌子中间开溜，几乎使出了浑身力气。我拼命冲到门外，在夜色中选择了向左拐。左边的那条街很窄。然后，我开始跑，有多快跑多快。

利西亚之路

我们从梅若华·古奈那儿买了从伊斯坦布尔到安塔利亚的夜班汽车票。我们坐在后座，这辆黄色奔驰马力很足，嗖嗖地潜入夜晚。我喜欢夜里赶路，四周静悄悄、黑漆漆的。晚上我通常十分疲惫，根本不在意引擎带我去哪儿，我只需要安安静静地坐着打盹儿就好。我们一路做着梦，车轮一路往前滚，引擎一路往前转。我们静静地躺着，被车带到一个陌生的地方。没有什么比在一个陌生的国度坐着夜班火车更梦幻了。车停了下来，我被弄醒了。下车的地方很古怪，让人难以形容。那些巴士上睡醒的人都聚在这里抽烟，要不就是漫无目的地裸着上半身绕着一片废弃的广场打转，街道周围有照明的街灯。我们还是活着的人吗？难道我们不是处于已经半死的状态吗？我们现在来到一个两头不着边的中间地带，荒无人烟，等待我们的会不会是一个未知的终点？唯一让我们感到安全的就是等候的巴士。而我们是巴士的一部分，返回座位以后，旅途继续，我们仍旧在黑暗中前行。

坐在我身旁的大块头男子在睡觉，他把头靠在我的肩上。当他突然睡醒后，请我吃了点饼干，还用自带的保温杯给我倒咖啡喝。他说的是土耳其语，而我则用挪威语和他聊，说什么语言其实没差，我和他之间的距离已经消失了。纳维把头靠在车窗上，一边看着窗外一边做梦，但他没有睡着。他觉得在这种奇怪的地方很难睡着。说不定，保持清醒、避免昏睡本就是旅行的一部分。也可能他在自己家里就很少睡觉，或者只有躺在自己的床上，他才能舒舒服服地进入睡眠。想到这我才意识到，其实我很少见到他睡觉，睡觉好像是他的一个秘密，是他一直藏着掖着、分外珍惜的秘密。天亮了，车开到了安塔利亚，然后立即换了一辆小一号的车，这是一辆十二人座的商务车，老款菲亚特。车在路边停靠了几次，陆陆续续有人上来，最终一共有二十多位乘客挤在车上。汽车沿着海边行驶了一个小时，这条路很窄，弯弯绕绕地通往南部的卡什。小车往右拐，开始爬山路。我们在古伊努克下了车，那是拜达拉勒山脚下的一个小村庄。这是我们第二段旅途的起点，跨度比之前那段还要长。我们打算走英国作家凯特·克洛描述过的“利西亚之路”，按照他所说的，这段旅途将要花费三十天，并且带我们走过整个土耳其的南部，翻山越岭，然后沿着海滩前行。这条路线也因此被一家英国报社赞誉为“全球十大惊艳旅途”之一。

我们对爬山这事儿有点犹豫，打算先搁置这项活动，尽管山路的起点就在我们面前。这座山很高，山顶冰雪覆盖，景色很美。我们决定把登山的行程暂时推后，先去附近的一家咖啡店吃早餐，同时可以研究一下地图。这些地图的质量都不过关，基本看不见山里的步道和关隘，对我们这样的徒步者基本没用处。更具细节的地图掌握在军方手里，市面上规定不许卖这样的地图。我们被迫只能靠猜想和亲身试错来找路。为了找到入口，我们在村子周围走了好几个小时，想确定上山的正确路线和出发点。为此我们还找了当地人问路，好了解山里的情况。但实际上，我们好像不太愿意离开古伊努克，爬山的行程被村里的马路和商店给耽搁了。要不要买点新衬衫？是时候理发了吧？要不要分瓶酒一起喝，定定神？拿锅炉热一点白葡萄酒，再倒几杯梅酒？我们边喝酒边抽烟，随后去了几家小咖啡馆和餐厅。这段旅行的开头不错吧？都完事之后，我们迫不得已地离开了古伊努克，沿着河岸旁一条细细长长的碎石路走着，路的尽头好像消失在山的裂缝中。我们准备好出发了吗？到了转弯口，我们发现村庄已经偷偷地溜到了我们背后。我们在这儿瞥见了一家餐馆，这是一个出游聚餐的地方。馆子开在树荫下，露台上放了几张小桌子，上面有叶子搭成的屋顶。这可是个好地方，绝不能错过了。或许我们还没有准备好登山？不，我们其实已经上路了，这就代表了开始，只不过我们一点也不匆忙。找了一张桌子坐下来后，我们点了红酒和配芝麻酱的菜豆沙拉，然后和店主说："阿里，我们要出发上山。"他拿来一张地图，铺在桌上给我们看。这是一张机密地图，军方的那种，只让我们瞄了几分钟，然后就卷了起来，一个字也没说。随后他对我们做了个手势，算是送给我们的礼物，好歹让我们看清楚了路的位置。阿里卷起地图，用一根线捆好，然后安静地走进厨房，给我们准备打包带走的面包和奶酪。"旅途愉快。"他说。但是我们并不想走。至少现在还不想。于是，我们又点了瓶红酒，讨论着地图，盘算了一下大体的行程。我们打算把第一段路设置得短一些，这样能开个好头。喝完酒，我们把包背在肩上，摇摇晃晃地朝山上的陡坡出发。

可惜我们喝得太多了。为了过河，我们只好脱掉靴子。水虽然冰凉，但太阳的热量却能把人烤焦。外加我们的包太沉，一路走来汗如雨下，步履维艰。终于我们沿着骡子走的小道翻过了第一个山麓。地势渐渐平坦起来，眼前有一片平原，上面竖着两栋摇摇欲坠的房子。其中一栋配有木质的阳台，可以将山谷和村庄的景色尽收眼底。我们对视了一眼，不需要任何言语，便不约而同走到了那栋房子。我们检查了一下屋子里有没有人住。看来确实是一间空房子。门坏了，窗户也砸破了，客厅的地板上都是土和垃圾，有一股生火和酒精的气味，这里是给无业游民住的地方。于是我俩住了进去。说得更贴切一些，我俩打算在外面的阳台上过夜。我们清理出一片空地，找来些木头生火，再辟出一个阴凉地，然后躺在各自的睡袋上。纳维从包里拿了一瓶威士忌酒，然后我俩便躺在阳台上喝酒聊天。聊什么？聊我们害怕，害怕有人过来，袭击我们，害怕他们会抢我们的东西。这时清真寺里祷告的声音传了过来，还听见狗的吠叫声、昆虫的嗡嗡声、打在树上的风声，以及村子里的吵闹声。太阳下山了，我们沉浸在暮色中。这是我俩第一次在外过夜，也是第一次在土耳其的露天里过夜，难免有些胆战心惊。天色渐暗，我们像被黑暗和村子里的声音传染，心里越来越害怕。黑暗的视线和嘈杂的声音似乎在靠近，威胁着我们。天气开始转凉。于是我们生了火，穿上毛衣，戴上羊毛帽，钻进睡袋里，活脱脱两个神经紧张的流浪汉。喝了酒以后，原先的恐惧像被酒精麻痹了，每从塑料杯里抿一口威士忌，恐惧就会随之蒸发一些。喝完半瓶威士忌，恐惧的心情无影无踪。喝酒不仅能让心情转好，就连我们聊天的声音也变得响亮了，完全没有刚才的小心翼翼，时不时嬉笑或喊叫。“我们是两个四处漂泊的人。”纳维一边说话，一边从睡袋里抽出他的刀。火光中的他手握着刀，刚才那句话仿佛让他突然变了一个人。“我们才是危险分子。”他说。“给人带来恐惧的应该是我们这种人。”他咧开嘴笑着说。接着，他从阳台上站起来，挥了挥刀子，仿佛要将所有邪恶的念头和想法驱逐开。“我们四海为家，你要担心的人就是我们。”他对躺在阳台上睡觉的我俩的分身说道。

整个夜晚，我俩在睡袋里翻来覆去。夜凉如水，但景色很美。我们时寐时醒，就这样一直躺到了黎明。公鸡报晓的时候，也是清真寺开始祷告的时候。第一缕阳光降临，给大地带来温暖。我们用帽子遮住眼睛，在暖融融的阳光下又睡了几个小时。等到身上热得戴不住帽子，穿不住毛衣、外套和裤子时，我们才从躺着的睡袋里起身。吞了点打包的食物后，我们喝了很多水。然后穿上靴子，背上行囊，准备再次出发。

接下来这段路爬得我们浑身僵硬。穿过松树林时，松针和泥土的味道混在一起，让人陶醉。阳光透过树枝，给草地和树叶解冻。走路的时候地上发着嘎吱嘎吱的声音。出汗消除了疲倦和凉意，也赶走了酒精和心里的恐惧，原本的担心和唠叨也一并消失了。走路让我们暖和了很多。几个小时之前身体发冷，现在却有些热过头了。我们发现自己的背包太沉，衣服一件都不能少，只好把洗漱用品和书以及所有吃分量的小物件都扔了，包括三明治盒、保温杯、除臭剂，还有托马斯·曼和弗吉尼亚·伍尔夫的书。我们把所有不重要的东西都甩在了路上，直到肩上的分量刚刚好为止。现在包大概有二十五磅重，除了食物和衣服外，还装着饮料和睡袋。至于绝缘毯、帐篷或其他装备，我们都没有带，因为这次不仅要走很远，路还很难走。

当靴子穿得舒服、背上几乎感觉不到行囊的分量，速干衣也未被汗水或雨水浸透的时候，是走路的绝好时机，没有比走路更好的选择。在无人相助的情况下左脚迈过右脚，一步步往前走。我们不知不觉忘记了漫步的动作，但与此同时，漫步在路上的人却渐渐多了份存在感。我们忘记自己在走路，忘记了走路的动作，也忘记了身上花的力气，一切只是顺其自然。借由敏锐的视觉、听觉和嗅觉，我们加倍用力地感受着周围的世界：鸟儿在天空翱翔；阳光刺透树冠；大地的热气慢慢蒸发；一小堆白色的海葵在水里闪闪发光；水流从身边淌过；小溪里的鳟鱼靠在石头背后休息。我们喝了口水。冰雪正在消融，我们在雪地上踩出一条道。遍地都是沼泽，羊胡子草在风中摇曳。走得越远，人想得就越少。我们踏着节拍前进，思想在旅途中静止。我们把注意力全都放在四周的所见所闻上，比如一朵花、一阵微风，或是一些树木。而我们的所想也仿佛变成了大自然的一部分，变成一条河、一座山、一段路。

没过多久，靴子开始磨脚，衣服也渐渐被汗水渗透。我们现在唯一想做的，就是找个阴凉地儿。我们顶着能把人烤焦的热度，吃力地在山上行走。穿着厚重的衣服，背着沉甸甸的行囊，我们的肌肉开始发痛，心脏随之剧烈跳动，呼吸渐渐局促。虽然脚还在动，但明显已经不听使唤，只能强迫它们往前走。我们之前定过一个规矩，说好旅途再累也不抱怨，而且永远不对彼此发牢骚。累到走不动路的时候，只要冒出一句不开心的话，就能把这一天接下去的旅程都给毁了。抱怨会摧毁整段行程，我们对此深谙于心，所以累的时候，我们也只是安静地走着。这份安静恰恰构成了我俩的默契，让我们能撑过艰难的旅途，可以没有距离地待在一起。横在我们之间的，只有彼此的思想和步行时前后相隔的一百码距离，除此以外，我们之间几乎没有任何隔阂。我们沉浸在各自的节奏里，静静地往前走着。忽然，纳维摔倒在地，不会把肋骨摔断了吧？他一句话也没说。我继续往前走，穿过灌木丛的时候，皮肤被荆棘划开了，手臂和肚子开始流血。到了一个点后，我俩决定把这个地方当作休息场所。刚歇息一会儿，我们就忍不住对着彼此哈哈大笑。我们躺在草地上，对着彼此的伤口捧腹不已。我们刻意保持着沉默，嘲笑着身体上被蚊子和昆虫咬后鼓起的包，还有途中留下的肿块和瘀青。看着彼此肿胀的双眼、开裂的嘴唇和晒伤的皮肤，我们发出放肆的笑声。这番模样让我俩仿佛成了无业游民，破旧的夹克衫、满裤子的泥土和没过膝盖的灰尘，都证明了这一点。我们就这样躺在草地上，用对方的形象取悦自己。“这只是开始，”纳维说道，“我很好奇，过了这周，我们会变成什么样。等到了费特希耶，我们可以去街头闲逛，选一家餐厅，然后点份菜豆沙拉和红酒。不知道那时的我们会是什么样。”

“或许我们根本到不了那个地方。”我说。

“你的意思是？”

“我的意思就是想要回到正常的生活，回到过去，回到刚开始徒步时的那种样子，我觉着不容易。我不确定这对不对，但有可能，现在只是开始，是一段新生活的开始，一切将从现在起变得彻底不同。”

我们在草地上的阴凉处待了几个小时后，开始往陡峭的古伊努克雅拉西上走。雅拉西在土耳其语里的意思是高山。山顶上有一栋摇摇欲坠的房子，下面打着很高的桩子，看上去很结实，门口有一排阶梯。我们破开门，客厅里除了地板上乱扔的旧毯子，不见一个人影。我们决定就在这里过夜，刚用毯子扫了扫地板，忽然传来一阵口哨声。于是我们走到屋外的台阶上，在房子后方的橘子树下，站着一个留白色胡须、戴黑色帽子的男人。他吹着口哨，一边吹，一边把手臂抬过头顶，笔直地举起来，然后落到大腿边，这是牧羊人让牧羊犬跑过来的手势。但是他没有狗，看来这个手势是对我们做的。他重复了几遍动作，示意我们过去。我们互相对视了一眼。纳维和我。“他是在邀请我们。”我说。牧羊人站在树下，四周都是羊。接着，他吹起口哨，又开始做这个动作。仿佛在对我们说，过来。我们听从了牧羊人的指示，朝他走去。这时，他忽又抬起另一只手，然后放到嘴边，嘴巴跟着一张一合，用牙齿模仿着咀嚼的动作。“他是要邀请我们吃饭。”我说。我们把背包从屋里拿出来，随后跟着他，沿着满是树木的山脊往前走。跟在他身后的，有他的羊群，以及两个饿扁的登山客。我们沿着山脊走，渐渐发现树林深处有一栋房子，四周都是树，像是我们小时候搭的那种树屋。只不过这栋房子的墙体很坚固，从树干爬上去，一共有两层楼高，低一点的树枝长成了屋顶，上面花草繁盛，把屋顶朝上戳起来。好漂亮的房子。整体看上去，结构简约而不简单，自带小阳台，屋子背后则延伸出一个厨房。地下还有流动的水泉，只要在井里装上老式的拖拉机引擎，就可以汲到水。我们吃力地登上台阶，脱掉靴子。随后他带我们走进一个小客厅，地板上坐着一个上了年纪的女人。她身上裹着厚厚的外套，头上披了一条方巾。她长着男人般的胡须，但那张脸是女人的脸，圆鼓鼓的，气色红润，只是似乎因为病痛而显得有点扭曲。她的眼睛因为神经压迫所以常常闭着，当她发出轻微的呜咽声时，身体会跟着前后摇晃。这位牧羊人名叫拉马赞，他给纳维指了指，意思是希望他能去检查一下坐在地上的老妇人。这真令人纳闷，他居然能看出纳维懂医术。事实上，纳维的父亲真是一名医生，当他自个儿穿上白大褂时，还真有那么点儿像医生。而且，他总是随身携带各种各样的药，有止痛药、镇静剂、安眠药等。或许这就是拉马赞看出他像医生的地方。又或者，牧羊人无所谓他是不是医生，他只是心情迫切，急需得到外界的帮助？嗜酒医生弯下腰，检查着坐在地上的妇人。“她的一只脚肿得很厉害，可能是肾脏出了问题，随之引起了炎症。”纳维告诉我说。“我没有什么办法，”他说，“她应该吃点抗生素，我给了她一些止痛药，类似鸦片的性质。就解决眼前的困境来说，这是我唯一能做的了。”

检查完以后，这位老妇人仿佛瞬间康复了，原来她是拉马赞的妻子。她站起身来去给我们做饭，比刚才坐地上时看起来年轻了些。我们坐到另一间房的地板上，这儿像是某种卧室和客厅的结合体。拉马赞睡在草垫上，地板上铺的床垫是给他妻子的，他们的床中间搁着一个火炉，里头堆满了杨木。温度慢慢开始上升，气氛也高涨了些。他们准备了鸡汤、用来蘸面包吃的类似酸奶的奶油，以及撒了胡椒粉、加了水煮蛋和用火炉一起烤制的面包。那面包的口感着实让人惊叹。喝了点冰水后，我们坐在一起看电视。电视柜很小，但好在有土耳其茶喝，还佐以甜甜的圆蛋糕。不知不觉到了抽烟的时间，我和纳维走到小阳台上，今晚恰是满月。拉马赞的眼睛里含着泪水。他似乎很高兴。但纳维为此十分担忧，他想着，是否不应该把我们储备的止痛药给拉马赞。“她需要看医生。”他对拉马赞说。拉马赞点点头，拍了拍纳维的肩。“医生。”他万分激动地感谢着纳维，说话时脸上洋溢着幸福的表情。

夜里我们睡在外屋，那是一间小窝棚，里面摆着一张钢板床。如果两个人反向躺的话正好够睡。屋子里有一盏石蜡灯、两只枕头和几条毯子。毯子下面是拉马赞藏着的香烟和酒。看来这是他的秘密小窝。我们睡得很香，感觉过了很久。早晨的时候，拉马赞站在门口把我们叫醒。他又做了张嘴巴的手势，意思该起床吃早饭了。我们坐在客厅的地板上，就着咖啡和水，吃完了鸡蛋和面包。拉马赞的妻子在草垫子上熟睡，可能是服药后人有些昏昏沉沉，也或许是被突如其来的睡意击倒了而已。拉马赞感觉很高兴，但纳维却很担心，他把所有的镇静剂都给了拉马赞，然后又掏出来一包美国香烟和几张土耳其钞票。拉马赞起初不接受他的钱。“这些钱是给医生的。”纳维说。拉马赞点了点头，拥抱他之后，重复地叨念着这个词，接着点起了一支烟。

旅途继续，我们准备朝哥德尔梅出发。这次的路比较平坦，沿着山谷走，应该挺轻松的。我们走在给牧羊人和猎人修的路上，这里的林间小道适合步行。路上遇到一位十二岁的姑娘，她照看着二十多只羊。一手拿着棍子，一手拿着石头，和两千年前比起来，牧羊的工具似乎没有任何改变。松鸡瞅见我俩，慌不择路地飞了起来。过了一小会儿，我们碰到了一名猎人。这人个头矮矮的，留着八字胡。头上戴着顶三角帽，上面插着一根翎毛。每一个细节看着都像是一位猎人。我给他拍照片时，他摆了一个瞄准摄像师的动作。乍看之下很瘆人，但其实并不危险。一路走来，我们的步子控制得十分平稳，旅途很轻松。纳维走在我前面，我隔着几百码的距离跟在他身后，说明现在轮到我思考了。我要思考些什么？每当路走得越顺，人就越容易想一些无谓的东西。现在的我，可以自在地思考，从前的焦虑和一本正经的思想都被我抛到脑后。我不再去想登山结束之后我要做些什么，我会住在哪里，我又要写些什么。随着我们旅程的逐渐展开，我的思绪朝反方向飘去，飘到过去，飘到越来越遥不可及的过去，飘回我的青年和幼年时期。尽管我的双脚正朝着未知的新事物走去，我的思绪却慢慢转向我曾经去过的地方。

哥德尔梅到了，除了一些交叉的马路和房子以外什么都没有。那儿的餐馆长得像小亭子，换句话说，就是放了三套塑料桌椅的吃饭地儿。旁边有个窗口，里头有位女士在盯着往外看。我们是从第一个越岭隘口一路步行至此的，是不是应该在这里吃点东西？还是要等我们走到海边的契拉勒再吃？就在我们准备坐下来的当口，一辆卡车停在了摊点前，司机买了一瓶可乐。我们问他能否捎我们一程，把我们带到主路上。他点了点头，于是我们跳上了卡车的后座。卡车上已经载了一个年纪很大的女人，她坐在一张凳子上。车的后面用绳子拴着三头羊，有位小伙子专门看着。他的父亲手里抓着一只公鸡，公鸡的脚上系了绳子，看上去很焦虑，它知道自己即将被屠宰的命运。这家人喝着保温杯里的茶，要不是这些羊和这只鸡，他们看上去简直像在野餐。公鸡发狂地反抗着，它不想死。每次父亲站起身，或是松开这只鸡的时候，它总是想弯腰够自己的脚，可却总是站不稳，最后摔倒在地上。它被绳子系得很牢，所以完全反抗不了。然而，它的瞳孔时而放大时而收缩，似乎还有逃脱的心思。我们僵硬地坐在旁边，对公鸡与死亡的这场斗争表示同情。我们莫名成了屠宰公鸡之旅的串通者，真是一次惊恐又可怕的旅程。公鸡开始大叫。纳维捂住耳朵，我则蒙住眼睛，什么也没说，只是静静地坐在卡车后座，急不可耐地等待旅途快点结束。公鸡的旅途好像恰恰和我们相反，当我们朝着新的开始迈进时，它的旅途却通往生命的终结。或许，公鸡的死亡唤醒了我们的恐惧。这意味着，每个开始终将会有一个结束。我们坐在卡车上，被公鸡为生命殊死搏斗的精神深深震撼。面对死亡，我们都无比害怕。

在奥林波斯的一次逗留

这种对死亡的夸张的恐惧来自哪里？是因为害怕终点吗？我们旅途的终点，会不会就在这里？我们跳下卡车后，便沿着公路慢跑，急忙从死亡和公鸡旁逃开。这一天余下的旅程里，公鸡的事情总是挥散不去，引发了一阵新的沉默，看来我们的恐惧又苏醒了。我们沿着主路走，汽车在身边飞驰而过，突如其来的速度，像是急着去杀人，一张张暗沉模糊的脸在身边飞过。我们踉踉跄跄地走在路边，铰接式的卡车、巴士、厢式货车、私家车、拖拉机呼啸而过，但是除了我们没有别的路人。我们是两个移动在高速公路上的小身影，剩下的路实在太远，这里应该是旅途画上句号的地方。结束了，完成了，我们的旅途到达了终点，就在此刻的脚下。但我们仍然保持平衡，仿佛走在钢丝上，为了不摔下来，既不左倾也不右倾。我们笔直往前走，一只脚跟着另一只脚，漫步在标着通往契拉勒黄色路牌的路上。

接近傍晚的时候，我们走到了这座海边的小村庄。天色很暗。我们在黑暗中走在高速公路上，马路铺着沥青，脚走肿了，起的水泡像伤口一样疼，肩膀也开始发酸，后背和脑袋也不例外。步行者真叫人绝望，他无助地行走在漆黑一片的路上，只是一个如此渺小、如此不起眼的存在。道路和天空在一片巨大的昏黑中融为无物。我们为什么在这里行走，我们要去哪里？我们为什么不睡在自己的家里，睡在同一个房间里，睡在同一张床上？这样的话，我们可以同时醒来和睡去，难道不是真的吗？我们走的，是通往爱的道路吗？爱要我们休息，要我们在同一个地方定居，待在原地不动。若是移动了，我们就会变得孤独。

我们沿着海滩走，找寻一个能睡觉的地方。路过一栋栋房子时，我们看着别人家里透出来的光。终于，我们觅到了一家民宿，里面有一个标间。于是，我俩走了进去。看来我们找了个能睡觉的好地方。脱掉衣服后，我俩躺在床上抽起了烟，然后分了半瓶被我们掺了水的梅酒，愉快地低声交谈着。躺在床上抽烟的感觉太奇妙了。我们可以听见窗外酒吧里的音乐声，那儿在播放娄·里德的歌。除此之外，还有人们的笑声和玻璃杯的碰撞声。躺在床上听年轻女孩喝酒的声音，感觉真是美妙极了。

早上醒来，我们扛起背包，沿着海滩出发，目的地是奥林波斯。那边有一望无际的白色沙滩，还有清澈碧蓝的大海，海浪会冲刷在需要休息的脚背上。我们现在不仅需要而且必须歇息一下，于是决定在海滩住上几天。穿过旧寺庙的残迹，我们沿小河步行，之后河道开始拐弯。面前是一片开放的露天地面，大门后面的白色山楂树长势旺盛。总算觅到了一个完美的地点。这里有营地和营房，营房的后面有几栋小木屋，周围是树林。

我们各自借了一个木屋，单薄的墙板上有些裂缝，地板上有张床垫和一条羊毛毯，仅此而已，不过我们已经很满足了。木屋不错，很简单。阳光会从墙上的裂缝渗进来，让小小的房间蒙上一股暖意。从小屋的窄台阶可以走到一条小石板路，像是这些树中木屋之间的小马路，这些小路都通往营房，那儿有间大的开放室，中间摆着一个木制火炉。火炉周围安放着一些木质的长桌，地上有些锯屑，帘子后面是厨房，里面藏着炊具和两个波兰学生。他们一天要刷三顿饭的碗碟，早饭、午饭和晚饭，到了晚上，他们会在房间的角落里开一个酒吧，专门供我们这种晚上熬夜的人喝酒。营房是所有住在木屋里的人的聚集点，有游客、嬉皮士、学生还有一大群看不出身份的人在这里游荡，待的时间或长或短。我们很快就发现，这个露营地有种让人不愿离去的魔力。那几天里，我们会在沙滩上躺躺，休息一下，游个泳，绕着露营地旁的小山短途散步，午饭后就回到木屋里看书。当夜幕降临、天气转寒的时候，我们会朝距离很近的营房走过去，坐在火炉周围吃东西，聊聊天，听听音乐，喝喝梅酒，抽抽烟。真是惬意的生活。这里是大城市里的小社会，远离平常的规则和体系，完全是一种简单的生活。我们在这里养成了一种生活习惯，按照自己的喜好过日子，比如睡懒觉、大吃大喝、一边坐着吃一边和大家讨论哲学和文学。除了我们这两个挪威人，还有德国人、波兰人、美国人、土耳其人。我们没法把他们支开，大家都待在树林中的住宅里，平日读读书打发时间，这是他们最爱做的。

一天晚上，有一家人占领了营房旁的一张桌子。父亲大概五十几岁，穿着米色的法兰绒裤子和白色的短袖衬衫，打扮得很得体。他妻子很漂亮，比他年轻，女儿们很可爱，吸引人的注意力。他们是谁？这家人在这里干什么？我像往常一样和安德利亚斯坐在一起喝酒，他长期受耳鸣的折磨，脑袋里一直有噪音，这让他几乎要疯了，不但毁了他的婚姻，还逼着他放弃工作。有一天他离开了柏林，离开了他的家和朋友。“如果我不走，我一定会自杀的。”他清醒地说道。这句话不假，安德利亚斯沉默寡言，不太合群，他一直一个人待着，自带孤独和引力的强大光环。其他人都躲着他，我们自顾自坐着，每次别人说我们这有一个人，来了以后就没说过一句条理清楚的话，我就特别乐意听这个人说话。我和他聊爱情，聊生活中的艰难不易和幸福快乐，我们聊一切能够想象的事物。安德利亚斯留着又长又密的深色头发，还有一簇非常抢眼的胡子，他的脸就隐藏在毛发后面。他的眼镜片很厚，但是他说话的时候眼睛会发光。他性感的阔嘴唇露出他英俊的真面目。我们坐在那家新来的家庭旁，看着他们吃饭，吃完饭，那个父亲独自一人饮着酒，他喝的是梅酒。突然他开始唱起歌来，是一首甲壳虫乐队的歌，他唱完《亲爱的普鲁登斯》又唱《黑鸟》。当他开始哼《洛基·拉库恩》的时候我终于忍不住了，我也跟着一起唱了起来。我们把《白色专辑》里的大部分歌曲都唱了一遍，但他的妻子和女儿后来打断了他，她们冲了凉，换了衣服，打扮了一下。她们觉得，一个老头和这么多年轻人坐在一起唱歌有点尴尬。她们对他比了嘘的手势，宠爱地朝他嘴巴拍了一下。但是这个父亲却示意我们坐到他那一桌去，我们一起唱着《欧—拉—迪，欧—拉—达》和《当我的吉他轻轻哭泣》。我们喝着梅酒，父亲告诉我们，他是土耳其军队的上校，年轻的时候是个嬉皮士。他想让妻子和女儿们看看他过去的生活是什么样子。“我是个不折不扣的嬉皮士，留着长头发，蓄着胡子，颇像他，”他一边说一边指向安德利亚斯，“现在我是一名部队的上校，或许和你想的也没什么区别。我还是一样的我。”

喝完梅酒，上校有点醉了，他的妻子和女儿费力地想把他拽到床上，又是拉又是推的，可他就是一动不动地坐着。“我爱我的妻子。”他边说边抱着妻子亲吻。“我爱我的女儿们。”他说道。营房里的每一个人都看得出，这是幸福的一家子。安德利亚斯的眼睛里有泪水在打转，他转过头去，用衬衫擦了擦眼镜。或许这种家庭的场景让他想起了什么往事。我也一样。我把手臂搭在安德利亚斯身上，坐在一起，像两个犯了不知名之罪的犯人。

年轻的妻子终于把上校哄到床上去了。她跟着他离开营房，回到了自己的棚屋，但很快折返回来，和她的女儿们坐在一起。她们用父亲的故事聊以消遣，我和安德利亚斯饶有兴致地听着。他是一个有趣的人，一个好父亲，一个好伴侣，也是一位好朋友。这是我第一次听见安德利亚斯和我以外的人聊天。他对着两个女孩儿说了很长的话，非常热情。我像是被他的话给迷住了。我从来没听过有谁说话像安德利亚斯对那两个女儿说得那么有智慧、那么引人入胜。两个女儿和妻子坐在一旁默默地听着，和我一样。那个夜晚像是被施了魔法，我们都不愿从彼此身边离开，我们围坐在火炉旁，一直待到天亮。我们的聚会是怎么结束的呢？我们都不想起身回床上，不想看时间，不想睡觉。这是一个不眠之夜，是我所经历过的最美妙的夜晚之一，有三个女人和像父亲一般说话的安德利亚斯陪我坐了一宿。

我睡了三个小时就被纳维叫醒了，他想出去。他表现得坐立不安，想出去走动，继续上路、爬山，沿着剩余的海滩和计划好的路线走。我只好与安德利亚斯和那家人告别。我说："我不想出门，现在还不想，还有些事情没有完成，我不想草率地做完。"我一边思索一边提出反对意见。我们不能在这里再待几天吗？有某种东西将我和安德里亚斯、上校、上校的妻子还有两个女儿捆在一起，难以觉察但十分重要，我一边这么想一边不情愿地穿着衣服。我把包袱扛在肩上，不仅因为宿醉觉得难受，而且还很困，我就这样跟着纳维走到了营房那儿。我们在那里吃了早餐，然后把账结了。出发前，我也没来得及和我的新家庭说一句道别的话。

乡　愁

就快到四月底了，五月即将接踵而至。我们从奥林波斯的露营地出发，跨过小河，穿过树林的隧道，经过了一片高地。过去的小镇现在化为了残迹，从那儿可以眺望大海。小道的中间躺着一条死去的狗。毛色呈浅灰色，肚子这边颜色很深，而且很脏。它之前或许拖着自己走了很长一段路，一边爬一边挣扎，最后不得不放弃，然后躺在地上死去。

在这平凡无比的一天，它发现前方的路突然走到了终点。狗僵硬地躺在地上，睁着眼睛，皮肤上没有伤口或是裂缝，几乎完好无损，附近也没有鸟儿或是其他动物碰它。我们和它告别后，继续沿着羊肠小道前行。这里有驴道，骡子道，还有羊道。山里的路都是用动物起的名字。我们沿着细长的小道一路走到大海，接着又来到了格里多尼亚海角，这儿的灯塔之前在地图上看到过标记。

灯塔没有人居住，但是在给灯塔看守人住的屋子外面有一口井，我们喝了点井水，稍作休息。从灯塔出发，沿着海滩走到卡劳兹是这段旅程的一个亮点。穿过松树林后，我们沿着可爱的小道越过平原。我看见马儿站在巨大的橡树下，羊儿在吃草，驴子、山羊等全在自由自在地散步，山脚下的农场在这里初露端倪。经过几片小农场和夏日农庄后，从当时的高度可以望见大番茄园，农田的边缘呈锯齿的形状。温室像白雪一般，在这片平坦的农地上一闪一闪，平原被塑料和玻璃切分成一块块。我们走近了以后，温室变成了透明色。我们可以看见里面血红色的番茄，它们鼓鼓囊囊的，压在温室的侧面和屋顶上。整个温室眼看就要爆炸了，生长在里面的植物纷纷从温室里扎出裂缝。细长的步道在这些温室中蜿蜒穿梭。孩子们在附近嬉戏打闹，周围还养了狗、猫和母鸡，老鼠也在此处出没。整座迷宫尽头有一片露台，比地面要高几英尺，上面搭着帆布雨篷，罩着一把椅子。椅子上坐着一位身材肥胖的大个儿男子。他头戴黑色帽子，抽着雪茄。

这个人一眼瞅去像个小家子气的国王，我猜想可能真就是这么一回事。他示意我们过去，邀请我们和他一起坐在露台下乘凉。我之前在爬山时摔了一跤，胸口和脚都在出血。坐在宝座上的大块头把手指放在嘴里，吹了几记口哨。听见他的高声指令，妈妈和女儿很快从房子里走了出来。她们帮我清洗了伤口，开始照顾我这个伤员。烧开水，裁布，清洗伤口，完了还给我上药膏。这种药膏涂上去像火烧一样刺痛。身上有个伤口的印记倒也不错。女儿年龄不大，药膏是她给我涂的。当她的手轻轻拂过我的肌肤时，她低下头，两颊泛红。我尴尬地抬起头，尽可能不让自己看她年轻的身体还有在我胸前晃荡的手。换上干净的衬衫后，妈妈端了三碗热汤出来。汤里放了扁豆和豌豆，加了油和酸奶，尝起来很苦，需要撒点桂皮和糖来改善一下口味，那样就完美了。我们像番茄国王一般享用着餐点，用土耳其语和俄语跟彼此交流。她们往我们杯里倒了梅酒和水，有了酒，语言障碍也不再是难题了。我们聆听着彼此，时不时点点头，抿口酒，再抽根烟。他们问，我们用挪威语答，谈话的节奏十分随意，天南地北无所谓聊到哪儿。我们指了指大海，意思是我们接下去要去海滩，并打算在那儿休息睡觉。

卡劳兹的海滩上有间平房，里面有家酒吧，配着一个小电视屏。电视上正播放着皇家马德里和拜仁慕尼黑的足球联赛。看了一会儿，很快我们便决定支持德国队。比赛在西班牙主场进行，皇马的球迷们把打火机和硬币朝迈克尔·巴拉克身上扔，德国队和奥利弗·卡恩则用足球的技术同这些粗鲁的支持者们顽力奋战，最终凭一个球赢得了比赛。我们坐在酒吧里吃坚果、喝啤酒，仿佛今天脚一步也没动过，明明走了那么久，却因为几分钟的足球和啤酒，疲惫就被一扫而光。我们坐在酒吧里，朝着奔跑在马德里、伦敦、曼彻斯特以及米兰球场上的运动员呼喊，类似这样的情形有过几次？分别都是在什么地方？不管身在何处，当时的我们好像回到了家里。但这种感觉只持续了几个小时。比赛结束了，看完细节回放后，我们喝光杯子里的梅酒和啤酒，醉醺醺地离开了酒吧。看来必须找个睡觉的地方才行，出酒吧的瞬间我们仿佛又回到了身处国外的现实中。我们回到了土耳其淡季时一处偏僻废弃的海滩上，回到了星空下的夜色中，回到了冷飕飕的露天里。

在海滩上找到各自的床位后，我们把所有的厚衣服包在身上，钻进睡袋里，这是我开始远足以来第一次这么强烈地思念家乡。

乡愁。所有旅途中不可避免的一部分。精疲力竭的时候，我们就会怀念家乡。思乡的情绪越发浓烈，感受越发强烈，几乎渗透到身体里的每个细胞。我的双脚、双手、心和思绪都迫切渴望回家。比起我们能够承受的，我们已经走够了，看够了，听够了，经历够了。乡愁像一种懒散的、冷漠的、没精打采的气息，钻进身体后四处蔓延。这样的气息使我们再也不想费力地往前走，不想接受任何改变，也不想去任何地方见任何人。回家的旅途已经开始，我们想家，唯一的念头都是回家。尽管面前还有很长的路途，尽管我们还没有走到一半的路程，但前路像来了个急转弯，过了弯方向就变了。路正在慢慢朝家的方向延伸，不知不觉地。回程的路线没法在地图上准确定位，但那股情绪从身体开始蔓延到头部，然后传送到脚底。现在，我们要开始踏上回家的路了，像梦游者般半梦半醒地拖着步子走，速度很慢，大概只有平日的一半。凭借只剩一半的意志力，我们沿着路游荡。精力减弱时，休息的欲望会随之增长。我们渴望回家，在熟悉的床上舒舒服服地睡一觉。乡愁来得突然，消失得也很匆忙，那经历像在爬一座陡峭的山峰，起初有点乏，甚至萌生了放弃的念头，只想快点下山，躺回离开时的软床上。但是——仅凭意志力的支撑——我们坚持着往上爬，终于到达了山顶。猛然发现这里竟是一个震人心魄的新地方，壮观的景色是我们即将要下山的路，不如就在这里休息片刻。

终于到休息的小镇了，我们打算在海边的卡斯沙滩上逗留一个礼拜，这里大约是路程的中点。离开前我们想去海滩的周边转一圈，然后到费特希耶乘坐回伊斯坦布尔的汽车，下车后换乘开往布加勒斯特的夜班火车，再搭乘从罗马尼亚首都开往布拉索夫的火车，到了锡吉什瓦拉后，我们准备抛弃一切现代交通工具，依靠步行穿越特兰西瓦尼亚山脉。

旅行通常是怎样结束的？原点究竟是新的起点还是整段旅程的终点？我们会走多远，撑多久？拖着疲惫的身躯，我们把靴子穿出了洞，鞋底也已磨旧，就连衣服也划出了好多道口子，浑身又脏又破。衣服下的皮肤满是裂痕和伤口，扭伤和割伤都有，像是在证明我俩成了流浪汉，这应该是旅行带来的关键性变化吧？或者这里是我们穿越希腊和土耳其国境后，整段漫长徒步旅程的终点？答案由我们来选择。由于时间充足，整个夏季和秋季都可以自由支配，所以不必匆忙做决定。不如先在海滩上躺几个星期，好好休息一下，然后找家优质酒店下榻，置办点新衣服，换双新靴子。反正身上的钱也够，没有什么能真正阻碍我们前行，何况我们没有工作，也没有任何责任需要承担。除了些许的良心不安，除了满怀的乡愁，我们无牵无挂，自由自在。

其实我和纳维是在同一个地区、同一条街道上长大的，但却从不知道对方的存在。虽然我们从同一个原点出发，却踏上了不同的道路，一条是去学校的路，另一条是穿过森林去足球场的路，因此从来没打过照面。直到我家搬到颂恩峡湾后，我在菲尔德的图书馆里才偶遇了纳维。他当时正在阅读威廉·达尔林普尔的《拜占庭影子下的旅行》。那一天是我们友谊的开始，话题始终围着书本和旅行打转。那一天也是我们旅行的开始，这场旅行并未结束。它在时空中来回穿梭，与我们口中的家相去甚远，与陌生的时空咫尺相邻。那些年里，我们住在相同的街道、相同的楼房、相同的地区，各自忙碌着。旅行的实践方式不止一种，待在家也未必就是一成不变。我们在时间和空间、书海和故事、想象和记忆中，做着或长或短的旅行。我们穿越地图，踏上过未知的旅途。我们也曾在家中的客厅扬帆远航，或坐在椅子上，倚着靠窗的书桌写点文字。

在这里，旅行即将结束。

终于到了，既定的海边休息地终于到了。我们俯瞰着身下的小镇，有上山的山路，也有沉入大海的小道。浩瀚的海洋寂静地汇入渺小的海湾，那儿时不时会有礁石，走几步路便是海滩。我们打算去海里游泳，然后躺在沙滩上睡觉，兴许做点阅读、记点笔记，边写字边休养。在卡斯海滩的这段时间，我俩分开住，各管各地消磨时光。即使在路上闲逛，也不必偏偏遇上对方，可以完全依从自己的习惯和喜好行事，就像我俩认识彼此前的那段日子一样。那样的我们似乎成了陌生人，只是绕着同一个小镇散步而已。或许有一天我们会在街上或是咖啡馆里偶遇对方，或许会从书里抬起头，朝对方做出迫不及待的表情，像是在问：准备好背起行囊，沿着公路出发了吗？

后记

为什么不用一条路来结束旅程，就选我每天从住的房子走到海边商店的这条路好了。这是我最喜欢的一条路，也是我最爱散步的一条路。路的起点是我的书桌，走出房门后进入小厅，那里通往两个地方，上楼是卧室，不上楼是正门，门外有一小块平台，下了台阶就是碎石小道，过了小道再穿过花园、苹果树和冬青就可以出大门。大门临着一条狭窄的支干道路，上面铺了沥青。顺着路一边通向左，另一边通向右。

我每天都选择向左转（只有当我去取邮件，或者把垃圾小车滚到昆斯豪根的转弯处时我才右转。转弯处的海景美不胜收，远处的城市灯火像一片星海，或许那儿根本没有城市，拨云见雾后，城市就消失了，这也不是什么罕见的事儿。反正通常来说城市应该看不太见，我对它也不怀念），然后沿着岔路经过一栋玻璃窗打碎的花房，沿着陡峭的山坡，在经过邻居家的房子和竖井丛生的旧谷仓后，往右转。树篱绿得不可思议，里面全是电流般嗡嗡响的蜜蜂，经过的时候像是走进一片不属于自然界的野外丛林，就和那栋花房一样——葡萄树戳破了窗户，橘子树从碎玻璃里挤出脑袋。碎石路拐了个弯，从这里开始，两边的地形变得开阔起来。这里的牧场上长满了野花野草，像海浪般一直蔓延到大海。小道在右侧，穿过小树林和一道电栅栏，你会突然发现自己到了一片林中空地，这时候你不得不停下脚步。我措手不及地驻足在那儿，柔和的光线和安静的氛围让这片空间比这一路上的任何地方都要令人印象深刻。林中空地的出现每次都能给我惊喜，或许是因为这里空无一物，所以你才会觉得震撼。这里除了青苔、欧石楠、越橘丛和落叶外，什么也没有。小道很软，往前走可以通往马儿的歇息处，马会把地上的泥土掀开，放眼望去全是泥地，自然形成了一片圈地。马出现了，每一匹都站在自己的树下。天空下起了雨。这是一场透明的毛毛细雨，几乎感觉不到。我走过马厩和两栋房子，船坞和船棚在房子周围形成一个半圆，水面停泊着木质船、塑料船、摩托艇和帆船。继续往下走，小道渐渐和一条碎石路相接，我穿过住宅区，那儿有很多花园，里面攀爬着覆盆子藤蔓，还有一些配着车库的白色木质建筑，旁边停放着汽车和机器。房子外面乱哄哄的，这大概就是普通人的生活吧。沿着这条路可以到达小山的山顶，下山时会经过码头，再往前走便能遇到一家商店。

店由一对夫妻共同经营，家里还有两个女儿。打开商店的大门时，有一种回到家里的感觉。每位家庭成员都在这栋房子里各就各位、各司其职，肉类柜台、储藏室、钱柜还有后门那儿的休息室都有人看管着。你可以在休息室吃东西、喝咖啡、抽烟、打电话。这家店不大，但是应有尽有。事实上你也不需要那么多东西。我买了一份报纸和一盒香烟，急忙走到店后的休息室，坐下来开始写东西。

我写的是一本有关徒步的书。长久以来，我的状态都是伏案写作，除了每天往返商店的路程以外，我不会走到更远的地方去。有时我会坐车进城，兴许能再走一段路。有时我会在出家门后朝右转，往这座岛上的最高峰出发。说是高峰，其实也只有一千多英尺高，但那儿算是一个能看到城市全景的地方，这对我来说足够了。站在那儿能俯瞰整座岛和我所住的房子。只不过，从高点看到的景象，和从岛上其他房子里看到的似乎大同小异。